NUEVO AMIGO 西班牙語

Español Lengua Extranjera

José Gerardo Li Chan（李文康） 著
Esteban Huang Chen（黃國祥） 譯

Prefacio 序言

對西班牙語和西語系國家感到興趣，進而想學習西班牙語的人越來越多。然而在我們多年的教學經驗裡常發現，許多學生努力學習西班牙語一段時間後，仍然不敢開口說西班牙語。

學生的學習困境讓我們開始構思，能否有一本基礎西班牙語學習書，在活潑輕鬆的學習氛圍裡，一步一步帶領學生勇於開口說西班牙語，進而能自信且正確地運用西班牙語來進行各種日常活動。

《**NUEVO AMIGO** 西班牙語 **A1 Español Lengua Extranjera**》正是依據上述理念設計、撰寫而成的全新西班牙語學習書。全書按照歐洲共同語言標準（The Common European Framework of Reference for Languages）的 A1 等級編寫。

全書安排字母發音、文法要點、基本句型、常用詞彙、日常對話、學習測驗等學習內容，按部就班打穩您的西班牙語基礎。包含個人和社交生活、工作和學校活動、日常休閒和愛好等面向，精心設計每單元的學習重點，為的就是全面提升您的西班牙語學習成效。

本書共有 14 個單元，全書整體學習目標如下：

1. 西語發音：能正確並清楚地說出西班牙語發音並唸出詞彙。
2. 情境對話：能了解不同情境的西班牙語對話內容及其意涵。
3. 溝通表達：能在不同情況正確運用西班牙語達成溝通目的。
4. 觀點交流：能運用西班牙語跟他人進行觀點與意見的交流。
5. 表達喜好：能以西班牙語表達自己喜愛的各種活動和嗜好。
6. 生活技能：能用西班牙語來完成各項日常事項與生活要務。
7. 文化理解：能深度認識西語系國家的文化習俗與生活習慣。
8. 語言檢定：能邊學習邊預備 DELE 的口語表達與互動測驗。

每單元皆安排不同的練習活動，不管是各類生活場景的口頭會話（聽）、不同主題內容的日常對話（說）；信件、電子郵件、菜單廣告等文本的閱讀理解（讀）；申請表格、電子郵件和信件、留言等等的填答與書寫（寫）。一定能全面提升您在聽力理解、口語表達、閱讀理解和寫作表達的西班牙語能力。

當然，本書內容還包含西語系國家傳統、節慶與文化特色的介紹，帶您循序漸進融入西語系國家。

《**NUEVO AMIGO 西班牙語 A1 Español Lengua Extranjera**》編寫特色如下：

特色 1：從發音、拼音和重音開始，再透過清楚的表格掌握動詞變化，穩紮穩打學好西班牙語。

特色 2：「**¡A aprender! 西語句型，一用就會！**」精選各種場合與職業所需的生活化、專業性西班牙語句型和詞彙，幫助您在不同場合，都能說出一口道地正確的西班牙語。

特色 3：「**¡A entender la gramática! 西語文法，一學就懂！**」以清晰簡潔的結構化方式說明文法規則並提供例句，讓您快速理解文法架構。搭配相關句型一起運用，學習效果快又佳。

特色 4：「**¡A practicar! 西語口語，一說就通！**」設計各類真實生活場景對話，幫助您正確了解對方想要表達的意思，並能開口用西班牙語表達自己的想法和意見。

特色 5：「**¡Vamos a viajar! 用西語去旅行！**」透過文化介紹，幫助您更深度認識西語系國家。不管您要在當地生活、讀書求學或觀光旅行，本書都能帶您一手掌握最道地的西語系國家文化情報。

特色 6：「**¡Vamos a escribir! 一起來寫西語吧！**」每單元設計多樣化的情境式練習題（問答、完成表格、規劃行程等），幫助您隨時檢核學習歷程和成果。根據 DELE 設計的練習題，讓您一步步熟稔語言檢定考試題型。

特色 7：「**¡Vamos a conversar! 一起來說西語吧！**」每單元結束前，按照該單元主題提供一則會話，將該單元主要文法、單字和句型，通通融會貫通其中。

特色 8：全書內容皆由專業西班牙語教師以國際標準西語錄製 MP3，搭配 QR Code，讓您隨時隨地沉浸在西班牙語環境，自然而然學好西班牙語，同時聽懂不同口音的西班牙語。

特色 9：同時呈現西班牙和中南美洲兩大地區的西班牙語說法和用語，讓您一書在手，不論跟哪個地區的西班牙語母語人士交談，都能輕鬆溝通無阻礙。

特色 10：加入工作與職場西班牙語單元，讓您可以在工作場合裡，說出合適正確的西班牙語。

特色 11：**DELE** 單元提供口語表達語互動測驗內容，幫助您通曉語言檢定要點。

特色 12：新版內容增加 **Glosario 詞彙表**，透過表格整理每單元的西班牙語單字，讓您方便查詢檢索，學習更有效率。

西班牙語是世界第三大語言，更是全球約三億多人的母語，全世界有二十個國家、聯合國、歐盟和非洲聯盟都把西班牙語作為官方語言。

當您邁入學習西班牙語的行列，就是打開一扇通往嶄新境界的大門。不但可以接觸繽紛多元的西語系國家文化、結交來自西班牙和中南美洲的新朋友，還能夠讓您的生活變得更加多彩多姿。

邀請您，一起來學習西班牙語吧！

讓《**NUEVO AMIGO 西班牙語 A1 Español Lengua Extranjera**》帶領您進入西班牙語充滿熱情奔放、歡樂洋溢的世界。

¡Ánimo!（加油！）

José Li

Esteban Huang

¿Cómo es AMIGO 西班牙語 A1? 如何使用本書

從發音、拼音和重音開始，再透過清楚的表格掌握動詞變化，穩紮穩打學好西班牙語。

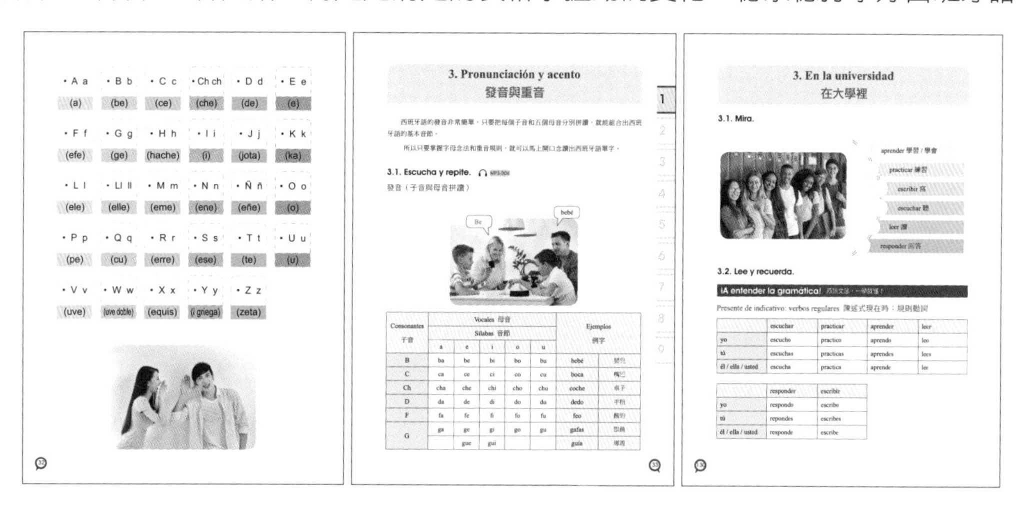

「¡A aprender! 西語句型，一用就會！」

精選各種場合與職業所需的西班牙語句型和詞彙，幫助您在不同場合，都能說出一口道地正確的西班牙語。

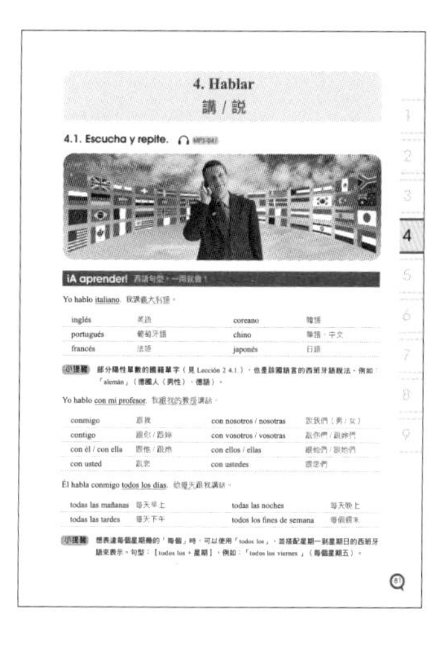

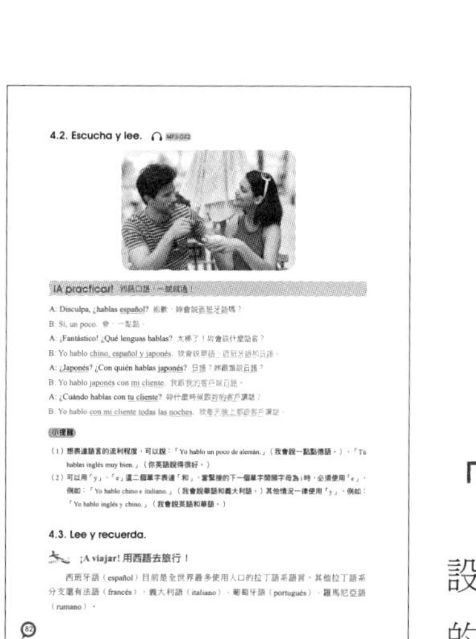

「¡A practicar! 西語口語，一說就通！」

設計各類真實生活場景對話，幫助您正確了解對方想要表達的意思，並能開口用西班牙語表達自己的想法和意見。

「¡A entender la gramática! 西語文法，一學就懂！」

以清晰簡潔的方式說明文法規則並提供例句，讓您快速理解文法架構。

搭配相關句型一起運用，學習效果快又佳。

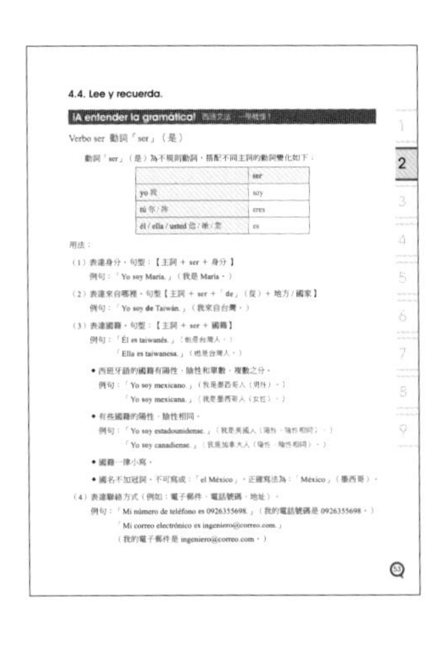
4.4. Lee y recuerda.

¡A entender la gramática! 西語文法，一學就懂！

Verbo ser 動詞「ser」（是）

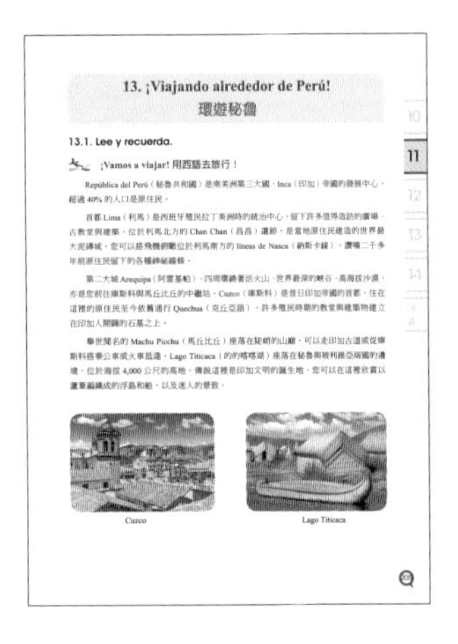
13. ¡Viajando alrededor de Perú!

環遊秘魯

13.1. Lee y recuerda.

¡Vamos a viajar! 用西語去旅行！

Cuzco

Lago Titicaca

「¡Vamos a viajar! 用西語去旅行！」

透過文化介紹，幫助您更深度認識西語系國家。

不管您要在當地生活、讀書求學或觀光旅行，本書都能帶您一手掌握最道地的西語系國家文化情報。

「¡Vamos a escribir! 一起來寫西語吧！」

每單元設計多樣化的練習題（問答、完成表格、規劃行程等），幫助您隨時檢核學習歷程和成果。

根據 DELE 設計的練習題，讓您一步步熟稔語言檢定考試題型。

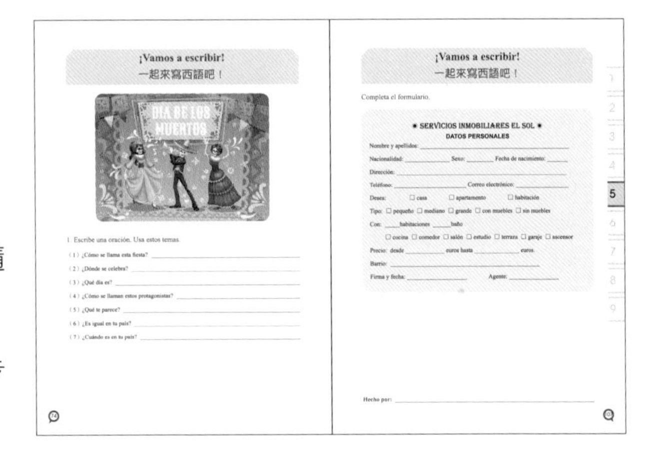
¡Vamos a escribir!

一起來寫西語吧！

1. Escribe una oración. Usa estos temas.

Completa el formulario.

SERVICIOS INMOBILIARES EL SOL

DATOS PERSONALES

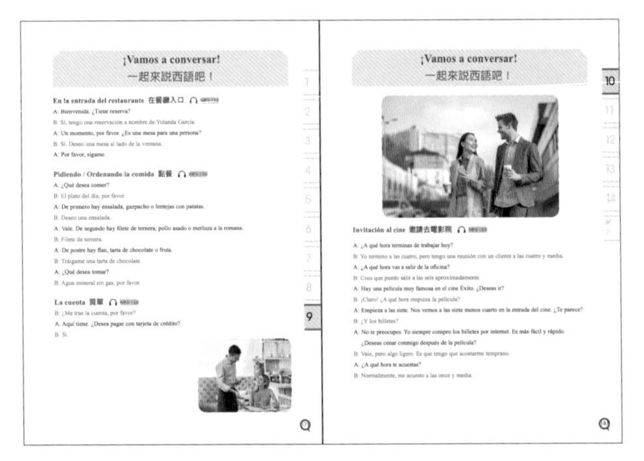
¡Vamos a conversar!

一起來說西語吧！

En la entrada del restaurante 在餐廳入口

Pidiendo / Ordenando la comida 點餐

La cuenta 買單

Invitación al cine 邀請去電影院

「¡Vamos a conversar! 一起來說西語吧！」

每單元結束前，按照該單元主題提供一則會話，將該單元主要文法、單字和句型，通通融會貫通其中。

由專業西班牙語教師以國際標準西語錄製 MP3

搭配 QR Code，讓您隨時隨地沉浸在西班牙語環境，自然而然學好西班牙語，同時聽懂不同口音的西班牙語，輕鬆提高您的西班牙語聽力。

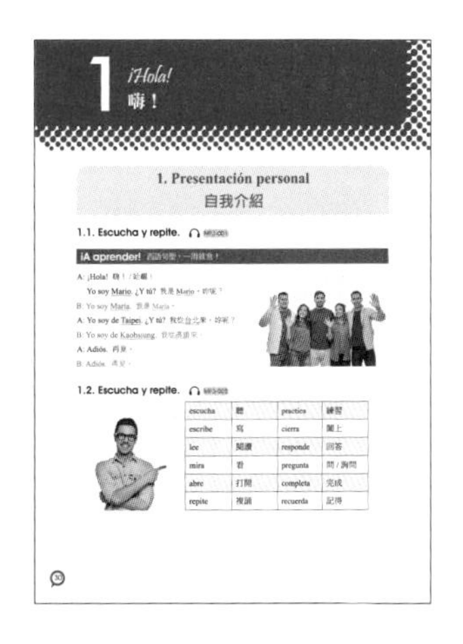

1 ¡Hola! 嗨！

1. Presentación personal 自我介紹

1.1. Escucha y repite.

¡A aprender!

A: ¡Hola!

Yo soy Mario. ¿Y tú?

B: Yo soy María.

A: Yo soy de Taipei. ¿Y tú?

B: Yo soy de Kaohsiung.

A: Adiós.

B: Adiós.

1.2. Escucha y repite.

escucha	聽	practica	練習
escribe	寫	cierra	關上
lee	閱讀	responde	回答
mira	看	pregunta	問 / 詢問
abre	打開	completa	完成
repite	複誦	recuerda	記得

30

同時呈現西班牙和中南美洲兩大地區的西班牙語説法和用語，讓您一書在手，不論跟哪個地區的西班牙語母語人士交談，都能輕鬆溝通無阻礙。

「¡Español para los negocios! 商務商語，一把罩！」

加入工作與職場西班牙語單元，讓您可以在工作場合裡，説出合適正確的西班牙語。

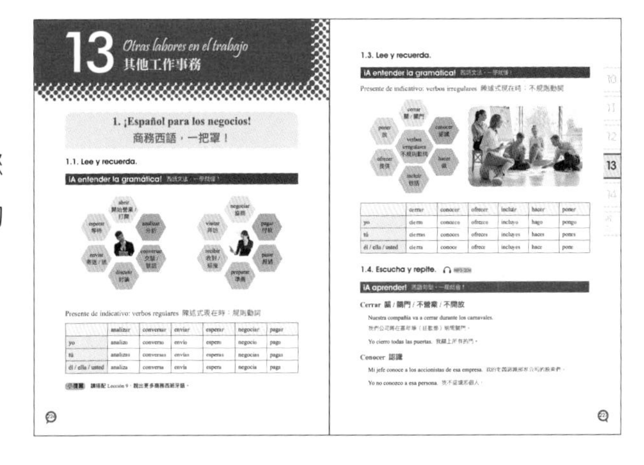

13 Otras labores en el trabajo 其他工作事務

1. ¡Español para los negocios! 商務西語，一把罩！

1.1. Lee y recuerda.

¡A entender la gramática!

1.3. Lee y recuerda.

¡A entender la gramática!

1.4. Escucha y repite.

¡A aprender!

「¡A preparar el DELE! 一起來準備 DELE 吧！」

DELE 單元提供口語表達語互動測驗內容，幫助您通曉語言檢定要點。

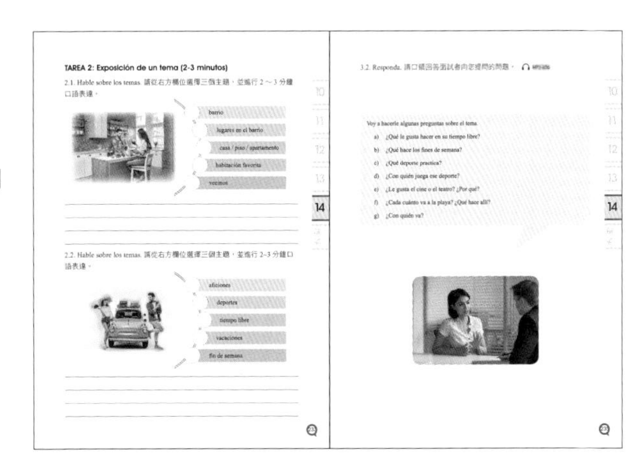

TAREA 2: Exposición de un tema (2-3 minutos)

barrio

lugares en el barrio

casa / piso / apartamento

habitación favorita

vecinos

aficiones

deportes

tiempo libre

vacaciones

fin de semana

Voy a hacerle algunas preguntas sobre el tema.

a) ¿Qué le gusta hacer en su tiempo libre?

b) ¿Qué hace los fines de semana?

c) ¿Qué deporte practica?

d) ¿Con quién juega ese deporte?

e) ¿Le gusta el cine o el teatro? ¿Por qué?

f) ¿Cada cuánto va a la playa? ¿Qué hace allí?

g) ¿Con quién va?

Índice de contenidos 目次

Comunicación 溝通		Gramática 文法
Lección 3 ¿Cuándo es tu cumpleaños? 你的生日是什麼時候？		
◆ Preguntar y decir la fecha 詢問與說明日期 ◆ Preguntar y decir el día del cumpleaños 詢問與說明生日是哪一天 ◆ Pedir y dar información sobre reuniones 要求與給予會議資訊 ◆ Hablar y describir las estaciones del tiempo 談論與描述季節 ◆ Preguntar y decir la temperatura 詢問與說明氣溫 ◆ ¿Cómo se dice “~” en español? 這句「～」的西班牙語怎麼說？ ◆ ¿Cómo se escribe “~”? 這句「～」怎麼寫？	◆ Deletrear 拼寫 ◆ Pedir ayuda 請求幫助 ◆ Confirmar información 確認訊息 ◆ Hablar sobre la información de contacto 談論聯絡方式	◆ Verbo ser 動詞 ser（是） ◆ Uso de los números ordinales 序數的使用 ◆ Uso de “hace” para describir el tiempo 使用 hace 描述天氣
Lección 4 ¿A qué te dedicas? 你做什麼工作？		
◆ Preguntar y decir la profesión 詢問與說明職業 ◆ Ofrecer la tarjeta de presentación 提供名片 ◆ Preguntar y decir la carrera universitaria 詢問與說明大學主修 ◆ Preguntar y decir dónde estudia 詢問與說明在哪裡學習 ◆ Expresar opinión 表達意見 ◆ Preguntar y decir qué lenguas habla 詢問與說明會說什麼語言 ◆ Preguntar y decir dónde trabaja 詢問與說明在哪裡工作 ◆ Preguntar y decir la edad 詢問與說明年紀 ◆ Expresar un estado físico o mental 表達一個暫時性的生理或心理狀態 ◆ Expresar obligaciones 表達必須要做的事 ◆ Presentación personal 自我介紹		◆ Verbo ser 動詞 ser（是） ◆ Presente de indicativo: verbos regulares 陳述式現在時：規則動詞 ◆ Verbo estudiar 動詞 estudiar（念書 / 學習 / 讀書） ◆ Verbo hablar 動詞 hablar（講 / 說） ◆ Pronombres personales con preposición 人稱代名詞與介系詞 ◆ Verbo trabajar 動詞 trabajar（工作） ◆ Presente de indicativo: verbos irregulares 陳述式現在時：不規則動詞 ◆ Verbo tener 動詞 tener（有） ◆ Uso de “y”, “e” 使用 y 和 e ◆ Preposiciones “de”, “a” 介系詞 de 和 a

Comunicación 溝通	Gramática 文法

Lección 5 ¿Dónde vives? 你住在哪裡？……

Vocabulario 詞彙	Cultura 文化

p.94

- Correo electrónico
  電子郵件
- Dirección
  地址
- Adjetivos
  形容詞
- Estado civil
  婚姻狀態
- Lugares
  地點
- La distribución de la casa
  房子的各部分
- Anuncios de alquiler
  房屋出租廣告
- Tipos de películas y programas de television
  電影和電視節目類型

- Trato formal e informal（tú o usted）
  正式和非正式（你或您）
- Uso de vos
  vos 的使用方式
- Diferentes formas para preguntar por el correo eletrónico
  詢問電子郵件的不同方式
- Abreviaturas en la escritura de la dirección
  地址的縮寫

Comunicación 溝通	Gramática 文法
Lección 7 En la universidad 在大學裡	
◆ Decir qué cosas hay en el aula 說出教室裡有什麼東西	◆ Verbo haber 動詞 haber（有）
◆ Expresar la existencia de cosas en un lugar 表達東西在一個地方的存在	◆ Verbo estar 動詞 estar（在）
◆ Expresar localización de las cosas 表達事物的位置	◆ Adverbios de cantidad 數量副詞
◆ Hablar sobre las actividades en la universidad 談論大學裡的活動	◆ Verbo aprender 動詞 aprender（學習）
◆ Dar razones por la cual se aprende español 說出學習西班牙語的原因	◆ Verbo practicar 動詞 practicar（練習）
◆ Decir con qué frecuencia se hace una actividad 說出一個活動多久做一次	◆ Verbo escribir 動詞 escribir（寫）
◆ Dar a conocer las cosas que escribes 解釋你在寫什麼	◆ Verbo escuchar 動詞 escuchar（聽）
◆ Hablar de las preferencias musicales 談論音樂喜好	◆ Verbo leer 動詞 leer（讀）
◆ Citar las cosas que lees 解釋你讀什麼	◆ Verbo responder 動詞 responder（回答）
◆ Hablar de las actividades en la escuela 談論在學校的活動	◆ Preposición “por”, “en”, “a”, “desde”, “hasta” 介系詞 por、en、a、desde 和 hasta
◆ Hablar de las labores en la oficina 談論在辦公室的工作	

Comunicación 溝通	Gramática 文法
Lección 8 **Mi rutina por las mañanas 我的上午例行公事 ....**	
◆ Preguntar y decir la hora 詢問與說明時間 ◆ Preguntar y decir el horario comercial de las tiendas 詢問與說明商店的商業營業時間 ◆ Hablar sobre la frecuencia con que hace una serie de actividades 談論做一系列活動的頻率 ◆ Preguntar y decir la hora en que se levanta 詢問與說明起床時間 ◆ Preguntar y decir la hora en que se ducha 詢問與說明洗澡的時間 ◆ Preguntar y hablar sobre el desayuno 詢問和談論早餐 ◆ Preguntar y decir a dónde va 詢問與說明去哪裡 ◆ Preguntar y decir qué va hacer en el futuro 詢問與說明將要做什麼 ◆ Preguntar y decir cómo va a un lugar 詢問與說明怎麼去一個地點 ◆ Preguntar y decir qué medios de transporte se toma 詢問與說明要搭什麼交通工具 ◆ Preguntar y decir qué bebida toma 詢問與說明要喝什麼 ◆ Ofrecer una bebida, aceptar o rechazar 提供一杯飲料，接受或拒絕 ◆ Hablar sobre la rutina diaria por las mañanas 談論上午的日常活動	◆ Los verbos reflexivos 反身動詞 ◆ Verbo levantarse 動詞 levantarse（起床） ◆ Adverbios de frecuencia 頻率副詞 ◆ Verbo ducharse 動詞 ducharse（洗澡 / 淋浴） ◆ “antes de”y “después de” 之前和之後 ◆ Verbo desayunar 動詞 desayunar（吃早餐） ◆ Verbo ir 動詞 ir（去 / 將要） ◆ Verbo tomar 動詞 tomar（拿 / 搭 / 喝） ◆ Verbo lavarse 動詞 lavarse（洗）

Vocabulario 詞彙	Cultura 文化

p.140

- Actividades cotidianas por la mañana
  早上的日常活動
- La hora
  時間
- Lugares públicos
  公共場所
- El horario comercial
  營業時間
- El desayuno
  早餐
- Medios de transporte
  交通工具
- Artículos de papelería
  文具
- Frutas
  水果
- Tipos de café
  咖啡的種類
- Bebidas
  飲料

- Uso de "a. m." y "p. m."
  「a. m.」（上午）和「p. m.」（下午）的用法
- El horario comercial en los países hispanohablantes
  西語系國家的商業營業時間
- Desayunos en España y países de Hispanoamérica
  西班牙和西班牙語美洲的早餐
- Diferencias en el uso de vocabulario entre España y los países hispanoamericanos
  西班牙和西班牙語美洲在詞彙使用上的差異

Comunicación 溝通	Gramática 文法
Lección 9 En la oficina 在辦公室	
◆ Preguntar y decir a qué hora llega un medio de transporte 詢問與說明交通工具幾點抵達 ◆ Preguntar y decir a qué hora llega una persona 詢問與說明某人幾點抵達 ◆ Preguntar y decir a qué hora empieza a trabajar 詢問與說明何時開始工作 ◆ Preguntar y decir a qué hora empieza una actividad 詢問與說明活動何時開始 ◆ Hablar de profesiones y sus principales labores 談論職業及其主要工作 ◆ Preguntar y decir qué se hace 詢問與說明正在做什麼 ◆ Decir las principales labores que se hacen en la oficina 說明辦公室裡的主要工作 ◆ Preguntar y decir qué se busca 詢問與說明搜尋什麼資料 ◆ Opinar sobre los diferentes tipos de restaurantes 評論不同類型的餐廳 ◆ Expresar conocimiento y habilidad 表達知識和技能 ◆ Reservar una mesa en un restaurante 在餐廳入口 ◆ Hablar del menú 談論菜單 ◆ Preguntar y decir qué desea comer 詢問與說明活動何時開始 ◆ Pedir la comida 在餐廳點餐 ◆ Pedir la cuenta 買單 ◆ Invitar a salir 邀請出門 ◆ Aceptar o rechazar una invitación 接受或拒絕邀請	◆ Verbo llegar 動詞 llegar（到達 / 抵達） ◆ Verbo empezar 動詞 empezar（開始） ◆ Verbo atender 動詞 atender（服務 / 照顧） ◆ Verbo hacer 動詞 hacer（做） ◆ Verbo buscar 動詞 buscar（找 / 查） ◆ Oraciones con “para” 帶有「para」的句子 ◆ Verbo saber 動詞 saber（知道 / 會） ◆ Verbo comer 動詞 comer（吃） ◆ Verbo almorzar 動詞 almorzar（吃午餐）

Vocabulario 詞彙	Cultura 文化

- Actividades cotidianas en el trabajo
  工作的日常活動
- Tiempo
  時間
- Diferentes tipos de actividades
  不同類型的活動
- Profesiones y labores
  職業及其工作內涵
- Palabras especializadas en la oficina
  辦公室專業用語
- El menú
  菜單
- Números
  數字（100 以上）
- Ropa
  衣服

- Horario de comidas en España
  西班牙的用餐時間
- Diferencias en el uso de vocabulario entre España y los países hispanoamericanos
  西班牙和西班牙語美洲在詞彙使用上的差異
- Gastronomía en los países hispanoamericanos
  西班牙語美洲的美食

Comunicación 溝通	Gramática 文法

Lección 10 De vuelta a casa 回家 ......

Comunicación 溝通

- Preguntar y decir a qué hora termina de trabajar
  詢問與說明何時結束工作
- Preguntar y decir a qué hora termina una actividad
  詢問與說明一項活動何時結束
- Preguntar y decir a qué hora sale un medio de transporte
  詢問與說明交通工具何時發車
- Preguntar y decir a qué hora sale de un lugar
  詢問與說明何時離開一個地點
- Preguntar y decir con quién sale
  詢問與說明和誰出門
- Preguntar cuánto tarda un viaje
  詢問一趟車程多久
- Reservar una plaza en un tren
  預約一張火車票
- Comprar un billete de tren
  買來回火車票
- Preguntar y decir cuándo vuelve a casa
  詢問與說明何時回家
- Hablar sobre la cena y los sabores
  談論晚餐與風味
- Preguntar y decir a qué hora se acuesta
  詢問與說明何時就寢
- Preguntar y decir qué se hace cuando se navega por internet
  詢問與說明上網時在做什麼
- Preguntar y decir qué cosas se venden en diferentes tiendas
  詢問並說明商店販售的東西
- Escribir un anuncio de venta
  寫一份銷售廣告
- Hablar sobre las características de un producto
  談論一個產品的特徵
- Preguntar y hablar sobre la garantía de un producto
  詢問並談論一項產品的保固
- Preguntar y decir sobre qué se chatea por internet
  詢問並說明網路上正在聊天的內容
- Invitar a una persona al cine
  邀請一個人去電影院

Gramática 文法

- Verbo terminar
  動詞 terminar（結束）
- Verbo salir
  動詞 salir（出門 / 出去 / 離開）
- El relativo que
  關係詞 que
- Verbo volver
  動詞 volver（返回 / 回來 / 再次）
- Verbo cenar
  動詞 cenar（吃晚餐）
- Verbo navegar por internet
  動詞 navegar por internet（上網）
- Verbo acostarse
  動詞 acostarse（就寢）
- Verbo dormir
  動詞 dormir（睡覺）
- Verbo vender
  動詞 vender（賣）
- Verbo comprar
  動詞 comprar（買）
- Verbo chatear
  動詞 chatear（聊天）

Vocabulario 詞彙	Cultura 文化

- Actividades cotidianas después del trabajo
  下班後的日常活動
- Tiempo
  時間
- Información en un billete de tren
  火車票上的資訊
- Sabor de comidas
  食物的風味
- Establecimientos comerciales y artículos
  商店及商品
- Electrodomésticos
  家用電器

- Viajar en tren por España
  在西班牙搭火車旅行
- Anuncios por internet
  網路廣告
- De compras
  購物
- Actividades de los hispanohablantes después del trabajo
  西班牙語母語人士下班後的活動

Comunicación 溝通	Gramática 文法
Lección 11 **Mis aficiones 我的愛好**	
◆ Preguntar y decir los gustos 詢問與說明喜歡的東西 ◆ Hablar sobre las coincidencias o diferencias en los gustos 表達喜好的相似或差異 ◆ Preguntar y decir lo que más le gusta 詢問與說明最喜歡的東西 ◆ Preguntar y decir lo que menos le gusta 詢問與說明最不喜歡的東西 ◆ Hablar sobre viajes 談論旅行 ◆ Describir ciudades 描述城市 ◆ Ubicar geográficamente una ciudad 說出一座城市的地理位置 ◆ Hablar de lugares turísticos 談論觀光景點 ◆ Hablar sobre la capital de un país 談論一個國家的首都 ◆ Hablar sobre el número de habitantes de un país 談論一個國家的居民人數 ◆ Preparar el viaje 旅行準備 ◆ Preguntar y decir qué objeto quiere 詢問與說明想要什麼 ◆ Preguntar y decir qué quiere hacer 詢問與說明想要做什麼 ◆ Expresar preferencias 表達偏好 ◆ Preguntar y decir qué deportes practica 詢問與說明練習什麼體育運動 ◆ Hablar sobre las vacaciones de verano 談論暑假	◆ Verbo gustar 動詞 gustar（喜歡） ◆ Similitudes o diferencias en gustos 喜好的相似或不同 ◆ Lo que más me gusta de 我最喜歡的是 ◆ Lo que menos me gusta de 我最不喜歡的是 ◆ Verbo bailar 動詞 bailar（跳舞） ◆ Verbo viajar 動詞 viajar（旅行） ◆ Verbo necesitar 動詞 necesitar（需要） ◆ Uso de cuando cunado 的用法 ◆ Verbo querer 動詞 querer（想要） ◆ Verbo preferir 動詞 preferir（更喜歡 / 更喜愛） ◆ Verbo jugar 動詞 jugar（玩 / 打球） ◆ Verbo montar 動詞 montar（騎） ◆ Verbo correr 動詞 correr（跑步） ◆ Verbo nadar 動詞 nadar（游泳）

Vocabulario 詞彙	Cultura 文化

p.188

- Actividades de ocio
  休閒活動
- Frutas
  水果
- Adjetivos para describir una ciudad
  描述一座城市的形容詞
- Puntos cardinales
  基本方位
- Lugares turísticos
  觀光景點
- Documentos de viaje
  旅行文件
- Preparativos para el viaje
  旅行準備
- Deportes
  體育運動

- Las capitales de los países de América Latina
  拉丁美洲國家的首都
- La población de los países hispanos
  西語系國家的人口
- Geografía de los países latinoamericanos
  拉丁美洲的地理位置
- Las aficiones de los hispanohablantes
  西班牙語母語人士的愛好
- Viajando alrededor de Perú
  環遊秘魯

Comunicación 溝通	Gramática 文法
Lección 12 El fin de semana 在週末時	
◆ Preguntar y decir a dónde ir de compras 詢問與說明去哪裡逛街 ◆ Preguntar y decir cuándo ir de copas 詢問與說明什麼時候去喝一杯 ◆ Hablar sobre la cartelera de teatro 談論劇院節目表 ◆ Hablar sobre las ofertas en billetes de cine 談論電影票優惠 ◆ Preguntar y decir con qué frecuencia va a la montaña 詢問與說明多久去爬山 ◆ Preguntar y decir qué actividades se hacen en el campo 詢問與說明在鄉下做什麼 ◆ Invitar a salir a pasear 邀請出門散步 ◆ Expresar necesidad de quedarse en casa 表達需要待在家裡 ◆ Preguntar y decir cómo quedar con otra persona 詢問與說明怎麼約 ◆ Preguntar y decir quién cocina en casa 詢問與說明誰做飯 ◆ Preguntar y decir cómo quedar con otra persona 詢問與說明怎麼約 ◆ Preguntar y decir dónde lavar la ropa 詢問與說明哪裡洗衣服 ◆ Hablar sobre hacer la compra 談論日常採買 ◆ Preguntar y decir las actividades del fin de semana 詢問與說明週末的活動	◆ Verbo ir de compras 動詞 ir de compras（去逛街） ◆ Verbo ir de copas 動詞 ir de copas（去喝一杯） ◆ Verbo ir al teatro 動詞 ir al teatro（去劇院） ◆ Verbo ir al cine 動詞 ir al cine（去電影院） ◆ Verbo ir a la montaña 動詞 ir a la montaña（去爬山） ◆ Verbo ir al campo 動詞 ir al campo（去鄉下） ◆ Adverbios de frecuencia 頻率副詞 ◆ Adverbio de lugar 地方副詞 ◆ Verbo pasear 動詞 pasear（步行 / 散步） ◆ Verbo quedarse en casa 動詞 quedarse en casa（留在家裡） ◆ Verbo quedar con amigos 動詞 quedar con amigos（約 / 碰面） ◆ Verbo cocinar 動詞 cocinar（做飯 / 烹調） ◆ Verbo lavar la ropa 動詞 lavar la ropa（洗衣服） ◆ Verbo limpiar 動詞 limpiar（打掃 / 清潔） ◆ Verbo hacer la compra 動詞 hacer la compra（日常採買） ◆ Verbo hacer deporte 動詞 hacer deporte（做體育運動） ◆ Verbo tomar unas tapas 動詞 tomar unas tapas（吃一些西班牙下酒小菜）

Vocabulario 詞彙	Cultura 文化

p.208

- Actividades del fin de semana
  週末的活動
- Establecimientos comerciales
  商店
- Cartelera de teatro
  劇院節目表
- Artículos de uso diario
  日常用品

- Las actividades de los hispanohablantes durante el fin de semana
  西班牙語母語人士的週末活動
- Tapas
  吃一些西班牙下酒小菜

Comunicación 溝通	Gramática 文法
Lección 13 Otras labores en el trabajo 其他工作事務	
◆ Hablar sobre diversas actividades que se hacen en la oficina 談論在辦公室進行的各種活動	◆ Verbo abrir 動詞 abrir（開始營業 / 打開） ◆ Verbo analizar 動詞 analizar（分析） ◆ Verbo conversar 動詞 conversar（交談 / 談話） ◆ Verbo discutir 動詞 discutir（討論） ◆ Verbo enviar 動詞 enviar（寄送 / 送） ◆ Verbo esperar 動詞 esperar（等待） ◆ Verbo negociar 動詞 negociar（協商） ◆ Verbo pagar 動詞 pagar（付款） ◆ Verbo pasar 動詞 pasar（經過） ◆ Verbo preparar 動詞 preparar（準備） ◆ Verbo recibir 動詞 recibir（收到 / 接待） ◆ Verbo visitar 動詞 visitar（拜訪） ◆ Verbo cerrar 動詞 cerrar（關） ◆ Verbo conocer 動詞 conocer（認識） ◆ Verbo hacer 動詞 hacer（做） ◆ Verbo incluir 動詞 incluir（包括） ◆ Verbo ofrecer 動詞 ofrecer（提供） ◆ Verbo poner 動詞 poner（放） ◆ Complemento 受詞
Lección 14 ¡Vamos a preparar la prueba de expresión e interacción oral	
Respuestas 解答	
Glosario 詞彙表	

1 *¡Hola!* 嗨！

1. Presentación personal
自我介紹

1.1. Escucha y repite. MP3-001

¡A aprender! 西語句型，一用就會！

A: ¡Hola! 嗨！/ 哈囉！

Yo soy Mario. ¿Y tú? 我是 Mario。妳呢？

B: Yo soy María. 我是 María。

A: Yo soy de Taipéi. ¿Y tú? 我從台北來。妳呢？

B: Yo soy de Kaohsiung. 我從高雄來。

A: Adiós. 再見。

B: Adiós. 再見。

1.2. Escucha y repite.  

escucha	聽	practica	練習
escribe	寫	cierra	闔上
lee	閱讀	responde	回答
mira	看	pregunta	問 / 詢問
abre	打開	completa	完成
repite	複誦	recuerda	記得

2. Alfabeto
字母

2.1. Lee y recuerda.

1. 西班牙語共有二十九個字母，每個字母都有大寫和小寫、讀音和拼音之區分。
2. 字母的讀音通常在讀寫單字或念讀字母時使用，拼讀字母時則需要使用字母的拼音。
3. 西班牙語的母音發音簡短且清晰，當母音與子音一起拼讀時，就形成一個基本音節。
4. 在字母拼讀時，母音發音固定不變，因此非常容易將母音和子音一起拼讀出聲音來。

2.2. Escucha y repite. MP3-003

Vocales 母音

1. 西班牙語共有五個母音：「a、e、i、o、u」。
2. 西班牙語的母音有強母音、弱母音之分。母音「a、e、o」是強母音，母音「i、u」是弱母音。

Consonantes 子音

1. 西班牙語原本有二十四個子音，西班牙皇家學會（Real Academia Española）在 2010 年制定的最新規定中，將字母「ch」併入字母「c」、將字母「ll」併入字母「l」，所以把「ch」、「ll」這二個字母從字母表中刪去。

   然而為了幫助讀者學習字母「ch」和「ll」的拼音，本書仍在字母表中列出這二個字母。

2. 字母「y」的讀音，近年從「i griega」改為「ye」。不過，仍有許多西班牙語母語人士同時使用字母「y」的二種讀音。

   相同情況也發生在字母「w」，讀音可以是「uve doble」和「doble uve」。

• A a	• B b	• C c	• Ch ch	• D d	• E e
(a)	(be)	(ce)	(che)	(de)	(e)
• F f	• G g	• H h	• I i	• J j	• K k
(efe)	(ge)	(hache)	(i)	(jota)	(ka)
• L l	• Ll ll	• M m	• N n	• Ñ ñ	• O o
(ele)	(elle)	(eme)	(ene)	(eñe)	(o)
• P p	• Q q	• R r	• S s	• T t	• U u
(pe)	(cu)	(erre)	(ese)	(te)	(u)
• V v	• W w	• X x	• Y y	• Z z	
(uve)	(uve doble)	(equis)	(i griega)	(zeta)	

3. Pronunciación y acento
發音與重音

西班牙語的發音非常簡單，只要把每個子音和五個母音分別拼讀，就能組合出西班牙語的基本音節。

所以只要掌握字母念法和重音規則，就可以馬上開口念讀出西班牙語單字。

3.1. Escucha y repite. MP3-004

發音（子音與母音拼讀）

Consonantes 子音	Vocales 母音 / Sílabas 音節					Ejemplos 例字	
	a	e	i	o	u		
B	ba	be	bi	bo	bu	bebé	嬰兒
C	ca	ce	ci	co	cu	boca	嘴巴
Ch	cha	che	chi	cho	chu	coche	車子
D	da	de	di	do	du	dedo	手指
F	fa	fe	fi	fo	fu	feo	醜的
G	ga	ge	gi	go	gu	gafas	眼鏡
		gue	gui			guía	導遊

H	ha	he	hi	ho	hu	hecho	製造
J	ja	je	ji	jo	ju	jefe	老闆
K	ka	ke	ki	ko	ku	kilo	公斤
L	la	le	li	lo	lu	bola	球
Ll	lla	lle	lli	llo	llu	calle	街
M	ma	me	mi	mo	mu	mamá	媽媽
N	na	ne	ni	no	nu	mono	猴子
Ñ	ña	ñe	ñi	ño	ñu	niño	男孩
P	pa	pe	pi	po	pu	papá	爸爸
Q		que	qui			pequeño	小的
R	ra	re	ri	ro	ru	dinero	錢
Rr	rra	rre	rri	rro	rru	perro	狗
S	sa	se	si	so	su	camisa	襯衫
T	ta	te	ti	to	tu	cantar	唱歌
V	va	ve	vi	vo	vu	vaso	杯子
W	wa	we	wi	wo	wu	kiwi	奇異果
X	xa	xe	xi	xo	xu	taxi	計程車
Y	ya	ye	yi	yo	yu	ayuda	救命 / 幫忙
Z	za	ze	zi	zo	zu	zapatos	鞋子

發音（注意發音時舌頭的不同位置）

發音練習					例字	
al	el	il	ol	ul	alto	高的
ar	er	ir	or	ur	comer	吃
bla	ble	bli	blo	blu	hablar	說
bra	bre	bri	bro	bru	libro	書

發音（雙母音）

雙母音				例字	
ia	ie	io	iu	iglesia	教堂
ua	ue	ui	uo	descuento	折扣
ai	ei	oi		aire	空氣
au	eu	ou		aula	教室

3.2. Lee y recuerda.

¡A entender la gramática! 西語文法，一學就懂！

（1）Acento 重音

西班牙語的母音中，有三個強母音「a」、「e」、「o」與兩個弱母音「i」、「u」。

當單字字母的組合為「強母音 ＋ 弱母音」時，必須將二個母音字母接合在一起發音，聽起來就像發出一個連續的聲音，這個情形稱為雙母音，例如：「**bien**」（好）。

若是單字字母的組合為二個強母音時，就必須獨立發出二個不同的母音，例如：「aeropuerto」（機場）就必須讀成：「**a-e-ro-puer-to**」。

西班牙語的重音規則：

＊有重音符號時，重音在有重音符號的音節。

例字：「**bebé**」（嬰兒）。

＊母音「a、e、i、o、u」和子音「n、s」結尾的單字，重音在倒數第二個音節。

例字：「**boca**」（嘴巴）。

＊遇到「ar、er、ir」結尾的單字時，重音在這三個結尾字母。

例字：「**nadar**」（游泳）。

＊遇到有雙母音的單字，重音在強母音「a、e、o」。

例字：「**hue**vo」（蛋）。

＊遇到以「n、s」以外的子音結尾的單字時，重音在最後一個音節。

例字：「**reloj**」（鐘 / 錶）。

（2）Masculino y femenino **陽性與陰性**

＊ 西班牙語的名詞有陽性（masculino）、陰性 （femenino）之分。

名詞字尾是「a」、「ción」、「sión」、「dad」，「tad」，通常屬於陰性名詞。

例字：「**niña**」（女孩）、「**perra**」（狗）、「**canción**」（歌曲）、「**decisión**」（決定）、「**navidad**」（聖誕節）、「**amistad**」（友情），都是陰性名詞。

＊若名詞字尾沒有上述四種情形，通常屬於陽性名詞。

例字：「**niño**」（男孩）、「**dinero**」（錢）、「**perro**」（狗），則是陽性名詞。

＊若名詞字尾是「ista」、「ante」，代表該名詞的陽性、陰性相同。

例字：「**estudiante**」（學生）、「**periodista**」（記者）

＊有些名詞固定是陽性名詞或陰性名詞，不受上述規則影響。

例字：「**hombre**」（男人〈陽性名詞〉）、「**mujer**」（女人〈陰性名詞〉）

（3）Singular y plural **單數與複數**

西班牙語的名詞有單數（singular）、複數（plural）之分：

單數名詞的字尾字母是母音時，字尾加上「s」就是複數名詞。

單數名詞的字尾字母是子音時，字尾加上「es」就是複數名詞。

例字：「zapato」（鞋子，單數名詞）→「zapatos」（複數名詞）。

「profesor」（教授，單數名詞）→「profesores」（複數名詞）。

（4）Adjetivos calificativos **性質形容詞**

西班牙語的形容詞配合名詞的陽性、陰性之分，也有陽性形容詞、陰性形容詞的分別。

一般來說，形容詞字尾字母為「o」時，代表是陽性形容詞，形容詞字尾字母為「a」時，代表是陰性形容詞。

例字：「mono pequeño」（小猴子，陽性名詞 ＋ 陽性形容詞）。

「bola pequeña」（小球，陰性名詞 ＋ 陰性形容詞）。

若形容詞字尾字母是「e」， 則不必區分陽性形容詞、陰性形容詞 。

例字：「niño inteligente」（聰明的男孩）、「niña inteligente」（聰明的女孩）。

4. Saludos
問候

4.1. Escucha y lee. MP3-005

¡A practicar! 西語口語，一說就通！

A: ¿Cómo estás? 妳好嗎？

B: Bien. ¿Y tú? 我很好。你呢？

A: Bien, gracias. 我很好，謝謝。

Yo soy estudiante de español. ¿Y tú? 我是西班牙語課的學生。妳呢？

B: Yo soy estudiante de inglés. 我是英語課的學生。

A: Adiós. 再見。

B: Hasta luego. 再見。

4.2. Escucha y repite. MP3-006

¡A aprender! 西語句型，一用就會！

Buenos días.	早安。	Hasta mañana.	明天見。
Buenas tardes.	午安。	Hasta la próxima semana.	下週見。
Buenas noches.	晚安。		

4.3 Lee y recuerda.

¡Vamos a viajar! 用西語去旅行！

（1）在西語系國家，打招呼時，除了擁抱對方，還會熱情地親吻對方。親吻的方式是以自己的臉頰分別碰觸對方的雙頰，同時發出親吻的聲音。男性和女性，或兩個女性見面的時候，會互相擁抱和親吻。而兩個男性見面的時候，多數只會擁抱和握手。

（2）「¿Cómo estás?」（你好嗎？）這句話，是最常見的問候語。你也會在西語系國家聽到有人會跟你說：「¿Qué tal?」（你好嗎？）或「¿Cómo te va?」（你好嗎？），這二個問句的意思都一樣。

5. Nombre y apellido
名字和姓氏

5.1. Lee y recuerda.

¡A entender la gramática! 西語文法，一學就懂！

（1）西班牙語的主詞有：「yo」（我）、「tú」（你 / 妳）、「él」（他）、「ella」（她）、「usted」（您）、「nosotros」（我們）、「nosotras」（我們〈女性〉）、「vosotros」（你們）、「vosotras」（妳們）、「ellos」（他們）、「ellas」（她們）、「ustedes」（您們）。

（2）自我介紹時，可以說：「Yo soy Mario.」（我是 Mario。）也可以說：「Yo me llamo Mario.」（我叫 Mario。）

（3）可以使用「**llamarse**」（叫）這個動詞來表達你叫什麼名字。

	llamarse
yo 我	**me** llamo
tú 你 / 妳	**te** llamas
él / ella / usted 他 / 她 / 您	**se** llama

¿Cómo te llamas?

Me llamo Alicia.

5.2. Escucha y lee. MP3-007

¡A practicar! 西語口語，一說就通！

A: ¡Hola! ¿Qué tal? 嗨！妳好嗎？

B: Bien. ¿Y tú? 我很好。你呢？

A: Bien. ¿Cómo te llamas (tú)? 我很好。妳叫什麼名字？

B: Yo me llamo Alicia. 我叫 Alicia。

A: ¿Cuál es tu apellido? 妳姓什麼？

B: Mi apellido es Bonilla. 我的姓是 Bonilla。

A: Mucho gusto. 幸會。

B: Encantada. 幸會。

A: Adiós. 再見。

B: Hasta luego. 再見。

5.3. Lee.

Nombre de damas 女士名字

Adriana	Carmen	Flor	Lidia	Natalia	Rosa
Alicia	Cristina	Isabel	Lucía	Olga	Sonia
Ana	Elisa	Julia	Marta	Paula	Teresa

Nombre de caballeros 男士名字

Alejandro	Carlos	Felipe	Ignacio	Juan	Miguel
Andrés	Diego	Francisco	Jesús	Luis	Mauricio
Antonio	Enrique	Gerardo	José	Manuel	Pedro

5.4. Lee y recuerda.

¡Vamos a viajar! 用西語去旅行！

（1）西班牙語的姓名通常由四個字組成，以西班牙歌手安立奎「Enrique Miguel Iglesias Preysler」的名字為例，「Enrique」和「Miguel」是他的名字，「Iglesias」是父親的父姓，第四個字「Preysler」是母親的父姓。

（2）在西語系國家，通常以別人姓名的第一個字來稱呼對方。有時，西語系國家人們姓名中的二個姓氏，順序會跟上述規則不同，請特別注意。

（3）西班牙目前在位的國王菲利浦六世「Felipe VI」，他的姓名全名非常長：「Felipe Juan Pablo Alfonso de Todos los Santos de Borbón y Grecia」。來挑戰一次唸完吧！

（4）想詢問他人的姓氏，可以問：「¿Cómo te apellidas?」（你姓什麼？）對方會回答：「Me apellido Castro.」（我姓 Castro。）

（5）想表達很榮幸認識某人，可以說：「Mucho gusto.」（幸會。），或是：「Encantado.」（幸會。〈說話者是男性〉）、「Encantada.」（幸會。〈說話者是女性〉）

5.5 Lee y recuerda.

Los posesivos 所有格

所有格	單數		複數	
	陽性	陰性	陽性	陰性
我的	mi		mis	
你的 / 妳的	tu		tus	
他的 / 您的	su		sus	
我們的（男性 / 女性）	nuestro	nuestra	nuestros	nuestras
你們的 / 妳們的	vuestro	vuestra	vuestros	vuestras
他們的 / 您們的	su		sus	

用法：

（1）所有格一律放在名詞前面，用來表示所有權或財產。
例字：「**tu** coche」（你的車）、「**mi** libro」（我的書）。

（2）所有格必須跟名詞的陽性或陰性、單數或複數的形式一致。
例字：「**mis** libros」（我的書，複數陽性）、「**nuestra** casa」（我們的房子，單數陰性）、「**vuestros** perros」（你們的狗，複數）。

5.6. Escucha y repite. MP3-008

Objetos 物品

bolígrafo	原子筆	lápiz	鉛筆
café	咖啡	móvil / celular	手機
clip	迴紋針	pósit	便利貼
cuaderno	筆記本	tableta	平板電腦

¡A aprender! 西語句型，一用就會！

A: ¿Qué es esto? 這是什麼？

B: Es mi cuaderno. 是我的筆記本。

¿Qué es esto? 這是什麼？

A: Es mi móvil. 是我的手機。

5.7. Lee y recuerda.

¡Vamos a viajar! 用西語去旅行！

位於西班牙馬德里的 Cibeles 噴泉（La Fuente de Cibeles，簡稱 La Cibeles），修建於西元 1782 年，是馬德里著名且重要的地標。Cibeles 是一位掌管大地的希臘女神，祂乘坐的戰車由二頭獅子拉著。女神和獅子由大理石雕刻而成，其他部分則為石雕作品。這座噴泉過去有供水的功能，現在噴泉所在的廣場則是皇家馬德里足球俱樂部（Real Madrid Club de Fútbol）慶祝大型比賽獲勝的地方。噴泉後方是 Cibeles 宮（Palacio de Cibeles），過去為西班牙郵電的總部，現在則是馬德里市議會。

6. Presentación de personas
介紹他人

6.1. Escucha y lee. MP3-009

¡A practicar! 西語口語，一說就通！

Él es Esteban.	他是 Esteban。
Ella es Rosa.	她是 Rosa。
Este es Antonio.	這位是 Antonio。
Esta es Elisa.	這位是 Elisa。
Él es el señor Mora.	他是 Mora 先生。
Ella es la señora Miranda.	她是 Miranda 太太。
Ella es la señorita Esquivel.	她是 Esquivel 小姐。
Te presento a Julia.	為你介紹 Julia。
Le presento a Julio.	為您介紹 Julio。
Le presento al nuevo compañero de oficina.	為您介紹新的同事。
Mucho gusto.	幸會。
El gusto es mío.	我的榮幸。

¡Vamos a escribir!
一起來寫西語吧！

1. Responde.

（1）Buenos días.

____

（2）¿Cómo estás?

____

（3）¿Cómo te llamas?

____

（4）¿Cuál es tu apellido?

____

（5）Te presento a Carlos.

____

（6）Yo soy estudiante. ¿Y tú?

____

（7）Hasta luego.

____

2. Escribe. ¿Qué es? ¿Quién es?

（1）______________________________

（2）______________________________

（3）______________________________

（4）______________________________

（5）______________________________

Hecho por: ______________________________

¡Vamos a conversar!
一起來說西語吧！

Saludos 問候 MP3-010

A: ¡Buenos días!

B: ¡Buenos días!

A: ¿Cómo estás?

B: Bien. ¿Y tú?

A: Bien, gracias.

A: ¿Cómo te llamas?

B: Yo me llamo Beatriz. ¿Y tú?

A: Yo me llamo Carlos.

A: ¿Cuál es tu apellido?

B: Mi apellido es Lin. ¿Y el tuyo?

A: Mi apellido es Chang.

B: Soy de Taichung. ¿Y tú?

A: Soy de Taipéi.

B: Yo soy estudiante de inglés. ¿Y tú?

A: Yo soy estudiante de español.

A: Mucho gusto.

B: Encantada.

A: Hasta luego.

B: Adiós.

2 ¿Cuál es tu número de teléfono? 你的電話號碼是幾號？

1. Números 數字

1.1. Escucha y repite. MP3-011

0	cero	8	ocho	16	dieciséis	30	treinta
1	uno	9	nueve	17	diecisiete	40	cuarenta
2	dos	10	diez	18	dieciocho	50	cincuenta
3	tres	11	once	19	diecinueve	60	sesenta
4	cuatro	12	doce	20	veinte	70	setenta
5	cinco	13	trece	21	veintiuno	80	ochenta
6	seis	14	catorce	22	veintidós	90	noventa
7	siete	15	quince	23	veintitrés	100	cien

小提醒 從數字31到數字99，需搭配「y」（和）來表示。例如：「32」，念讀成：「treinta y dos」（30和2）。

1.2. Escucha y repite. MP3-012

¡A aprender! 西語句型，一用就會！

A: ¿Qué número es? 這是幾號？

B: Es el número ocho. 是數字八。

Es tu turno, ¿qué número es? 換你，這是幾號？

A: Es el (número) uno. 是（數字）一。

1.3. Lee y recuerda.

¡A entender la gramática! 西語文法，一學就懂！

Los artículos 冠詞

		陽性	陰性
定冠詞（指定）	單數	el	la
	複數	los	las
不定冠詞（不指定）	單數	un	una
	複數	unos	unas

用法：

（1）西班牙語冠詞分為定冠詞與不定冠詞，有陽性、陰性和單數、複數之分別。因此，冠詞必須根據名詞的陽性、陰性和單數、複數，來做相對應的變化。

（2）西班牙語冠詞一律放在名詞之前。

例字：「**el** libro」（書）、「**la** camisa」」（襯衫）、「**un** perro」（一隻狗）、「**una** niña」（一個小女孩）、「**unos** vasos」（一些杯子）、「**unas** cajas」（一些盒子）。

（3）若名詞字尾是「**ante**」、「**ista**」時，需透過冠詞才能判斷或說明該名詞是陽性或陰性。

例字：「**el** estudiante」（男學生）、「**la** estudiante」（女學生）、「**el** periodista」（男記者）、「**la** periodista」（女記者）。

（4）有些名詞固定是陽性名詞或陰性名詞，不受上述規則影響。

陰性名詞例字：「**la moto**」（摩托車）、「**la radio**」（收音機）、「**la foto**」（照片）。

陽性名詞例字：「**el mapa**」（地圖）、「**el día**」（天）、「**el sofá**」（沙發）。

（5）西班牙語的人名、國籍、宗教等名詞，一律不使用冠詞。

例句：「Yo soy Julia.」（我是 Julia。）、「Yo soy taiwanés.」（我是台灣人〈男性〉。）、「Yo soy budista.」（我是佛教徒。）

2. El número de mi apartamento
我的公寓號碼

2.1. Escucha y repite. MP3-013

¡A aprender! 西語句型，一用就會！

A: ¿Cuál es el número de tu apartamento? 妳的公寓號碼是幾號？

B: Diecisiete. ¿Y el tuyo? 十七。那你的呢？

A: Quince. ¿Nos vemos más tarde? 十五。待會兒見嗎？

B: Vale. 好的。

2.2. Lee y recuerda.

¡A entender la gramática! 西語文法，一學就懂！

Los posesivos 所有格形容詞

	單數		複數	
	陽性	陰性	陽性	陰性
yo 我	mío	mía	míos	mías
tú 你／妳	tuyo	tuya	tuyos	tuyas
él / ella / usted 他／她／您	suyo	suya	suyos	suyas
nosotros / nosotras 我們（男性）／我們（女性）	nuestro	nuestra	nuestros	nuestras
vosotros / vosotras 你們／妳們	vuestro	vuestra	vuestros	vuestras
ellos / ellas / ustedes 他們／她們／您們	suyo	suya	suyos	suyas

用法：

（1）所有格形容詞用來表達所屬，以及人事物之間的關係。所有格代名詞之後，一律不加名詞。

例句：「El coche es **mío**.」（車子是我的。）

（2）可用 el, la, los, las ＋ 所有格代名詞，代替已提過的名詞。

例句：「El número de mi apartamento es quince. ¿Y **el tuyo**?」（我的公寓號碼是 15。你的呢？），「**El mío** es veinte.」（我的是 20。）

2.3. Escucha y repite. MP3-014

¡A aprender! 西語句型，一用就會！

＋ más　－ menos　× por　÷ entre

A: ¿Cuánto es dos **más** dos?

B: Cuatro.

A: ¿Cuánto es quince **menos** cinco?

B: Diez.

A: ¿Cuánto es seis **por** cuatro?

B: Veinticuatro.

A: ¿Cuánto es cuarenta y dos **entre** siete?

B: Seis.

2×2=?

2.4. Practica.

¿Cuánto es 6 x 8?
Un momento.
48
¡Ánimo!

3. El número de teléfono
電話號碼

3.1. Escucha y lee. MP3-015

¡A practicar! 西語口語，一說就通！

A: ¿Cuál es tu número de teléfono? 妳的電話號碼是幾號？

B: Mi número es 0927358416. 我的號碼是 0927358416。

A: Disculpa, ¿puedes repetir, por favor? 對不起，可以請妳再說一次嗎？

B: 0927358416. 0927358416。

A: ¿Está bien así? 這樣對嗎？

B: Sí. ¿Cuál es tu número de teléfono?
對。你的電話號碼是幾號？

A: 0983427561. 0983427561。

B: No entiendo. Más despacio, por favor.
我聽不懂。請說慢一點。

A: 0-9-8-3-4-2-7-5-6-1. 0-9-8-3-4-2-7-5-6-1。

B: ¿Está bien así? 這樣對嗎？

A: No. No es siete, es seis. 不對。不是七，是六。

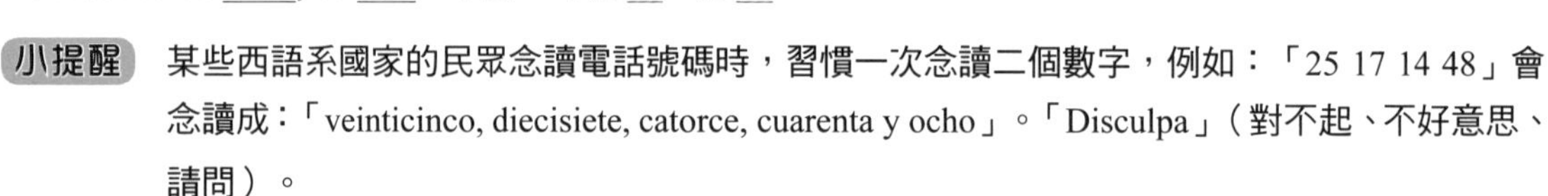

小提醒 某些西語系國家的民眾念讀電話號碼時，習慣一次念讀二個數字，例如：「25 17 14 48」會念讀成：「veinticinco, diecisiete, catorce, cuarenta y ocho」。「Disculpa」（對不起、不好意思、請問）。

3.2. Practica con tu compañero.

A: ¿Cómo te llamas?

B: Yo me llamo Gloria.

A: ¿Cuál es tu número de teléfono?

B: Mi número de teléfono es 0985236471.

	Nombre	Número de teléfono
1		
2		
3		
4		
5		

4. Países y nacionalidades
國家與國籍

4.1. Escucha y repite. MP3-016

País	國家	Nacionalidad	國籍
Europa 歐洲			
Alemania	德國	alemán / alemana	德國人（男 / 女）
España	西班牙	español / española	西班牙人（男 / 女）
Francia	法國	francés / francesa	法國人（男 / 女）
Inglaterra	英格蘭	inglés / inglesa	英格蘭人（男 / 女）
Italia	義大利	italiano / italiana	義大利人（男 / 女）
Portugal	葡萄牙	portugués / portuguesa	葡萄牙人（男 / 女）
Rusia	俄羅斯	ruso / rusa	俄羅斯人（男 / 女）
Asia 亞洲			
Corea	韓國	coreano / coreana	韓國人（男 / 女）
China	中國	chino / china	中國人（男 / 女）
Japón	日本	japonés / japonesa	日本人（男 / 女）
Taiwán	台灣	taiwanés / taiwanesa	台灣人（男 / 女）
África 非洲			
Egipto	埃及	egipcio / egipcia	埃及人（男 / 女）
Marruecos	摩洛哥	marroquí	摩洛哥人
América 美洲			
Canadá	加拿大	canadiense	加拿大人
Estados Unidos	美國	estadounidense	美國人（男 / 女）
Brasil	巴西	brasileño / brasileña	巴西人（男 / 女）
Oceanía 大洋洲			
Australia	澳洲	australiano / australiana	澳洲人（男 / 女）

小提醒 （1）結尾是「és」和「án」的陽性單數國籍單字，變化為陰性或複數國籍單字時，不必加上重音符號。例字：「taiwanés」（台灣人〈男性〉）、「taiwanesa」（台灣人〈女性〉）「taiwaneses」（台灣人，複數）;「alemán」（德國人〈男性〉）、「「alemana 」（德國人〈女性〉）、「alemanes」（德國人，複數）。

（2）上述陽性單數的國籍單字（歐洲、亞洲），也是該國語言的西班牙語說法，詳見 Lección 4 4.1.。

4.2. Escucha y repite. MP3-017

¡A aprender! 西語句型，一用就會！

A: Disculpa, ¿cómo se llama el país número dos? 請問，數字 2 是哪個國家？

B: Estados Unidos. 美國。

A: Gracias. 謝謝。

B: De nada. 不客氣。

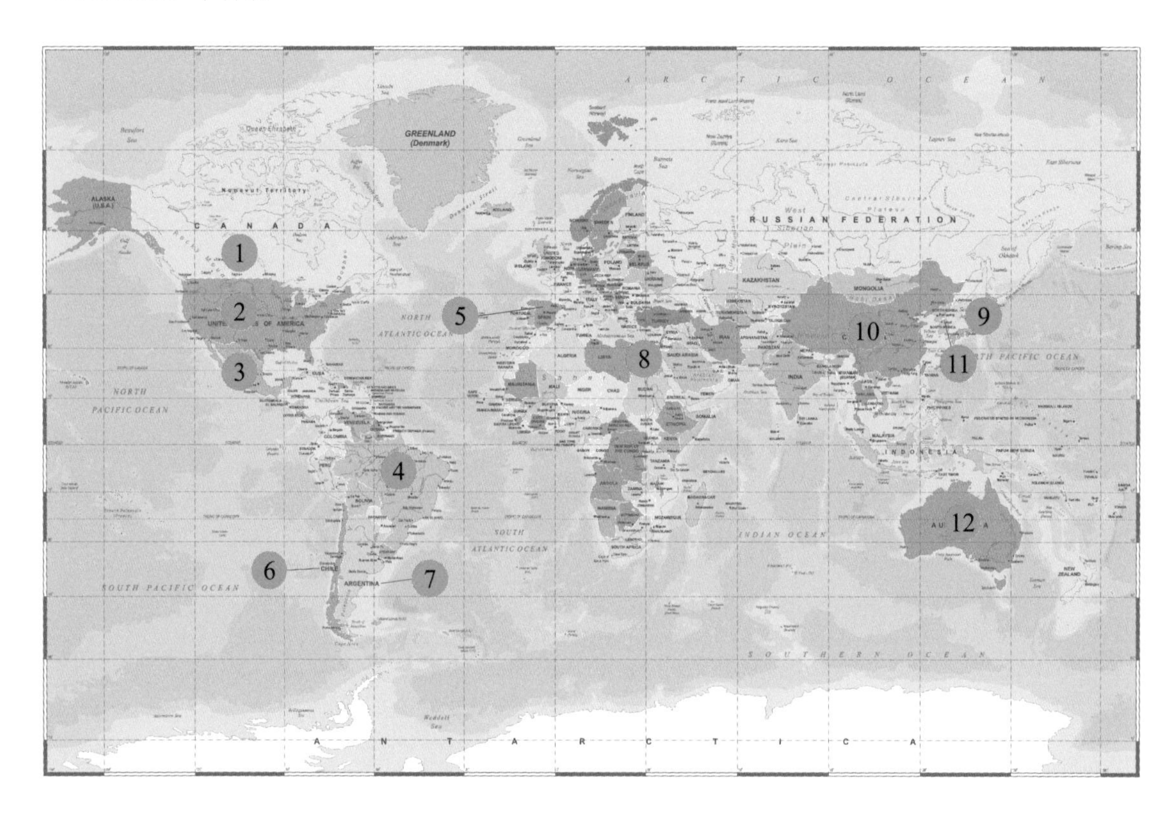

4.3. Escucha y lee. MP3-018

¡A practicar! 西語口語，一說就通！

A: ¿De dónde eres (tú)? 妳來自哪裡？

B: Yo soy taiwanesa, de Tainan. ¿Y tú?
我是台灣人，來自台南。你呢？

A: Yo soy mexicano, de Ciudad de México.
我是墨西哥人，來自墨西哥市。

4.4. Lee y recuerda.

¡A entender la gramática! 西語文法，一學就懂！

Verbo ser 動詞「ser」（是）

動詞「ser」（是）為不規則動詞，搭配不同主詞的動詞變化如下：

	ser
yo 我	soy
tú 你 / 妳	eres
él / ella / usted 他 / 她 / 您	es

用法：

（1）表達身分。句型：【主詞 ＋ **ser** ＋ 身分 】

例句：「Yo **soy** María.」（我是 María。）

（2）表達來自哪裡。句型【主詞 ＋ **ser** ＋「**de**」（從）＋ 地方 / 國家】

例句：「Yo **soy de** Taiwán.」（我來自台灣。）

（3）表達國籍。句型：【主詞 ＋ **ser** ＋ 國籍】

例句：「Él **es** taiwanés.」（他是台灣人。）

「Ella **es** taiwanesa.」（她是台灣人。）

◆ 西班牙語的國籍有陽性、陰性和單數、複數之分。

例句：「Yo **soy** mexicano.」（我是墨西哥人〈男性〉。）

「Yo **soy** mexicana.」（我是墨西哥人〈女性〉。）

◆ 有些國籍的陽性、陰性相同。

例句：「Yo **soy** estadounidense.」（我是美國人〈陽性、陰性相同〉。）

「Yo **soy** canadiense.」（我是加拿大人〈陽性、陰性相同〉。）

◆ 國籍一律小寫。

◆ 國名不加冠詞。不可寫成：「el México」，正確寫法為：「México」（墨西哥）。

（4）表達聯絡方式（例如：電子郵件、電話號碼、地址）。

例句：「Mi número de teléfono **es** 0926355698.」（我的電話號碼是 0926355698。）

「Mi correo electrónico **es** ingeniero@correo.com.」

（我的電子郵件是 ingeniero@correo.com。）

（5）表達職業。句型：【主詞 + **ser** + 職業】

例句：「Yo **soy** jefe.」（我是老闆。）

（6）表達日期與時間。

例句：「Hoy **es** domingo.」（今天是星期日。）

（7）表達外觀、某人的人格特質或個性。句型：【主詞 + **ser** + 形容詞】

例句：「Él **es** muy inteligente.」（他很聰明。）

「El hotel **es** pequeño.」（飯店很小。）

4.5. Lee y recuerda.

País	國家	Nacionalidad	國籍
Argentina	阿根廷	argentino / argentina	阿根廷人（男 / 女）
Bolivia	玻利維亞	boliviano / boliviana	玻利維亞人（男 / 女）
Chile	智利	chileno / chilena	智利人（男 / 女）
Colombia	哥倫比亞	colombiano / colombiana	哥倫比亞人（男 / 女）
Costa Rica	哥斯大黎加	costarricense	哥斯大黎加人（男 / 女）
Cuba	古巴	cubano / cubana	古巴人（男 / 女）
Ecuador	厄瓜多	ecuatoriano / ecuatoriana	厄瓜多人（男 / 女）
El Salvador	薩爾瓦多	salvadoreño / salvadoreña	薩爾瓦多人（男 / 女）
Guatemala	瓜地馬拉	guatemalteco / guatemalteca	瓜地馬拉人（男 / 女）
Honduras	宏都拉斯	hondureño / hondureña	宏都拉斯人（男 / 女）
México	墨西哥	mexicano / mexicana	墨西哥人（男 / 女）
Nicaragua	尼加拉瓜	nicaragüense	尼加拉瓜人（男 / 女）
Panamá	巴拿馬	panameño / panameña	巴拿馬人（男 / 女）
Paraguay	巴拉圭	paraguayo / paraguaya	巴拉圭人（男 / 女）
Perú	秘魯	peruano / peruana	秘魯人（男 / 女）
República Dominicana	多明尼加	dominicano / dominicana	多明尼加人（男 / 女）
Uruguay	烏拉圭	uruguayo / uruguaya	烏拉圭人（男 / 女）
Venezuela	委內瑞拉	venezolano / venezolana	委內瑞拉人（男 / 女）

4.6. Escucha y lee. MP3-019

¡A practicar! 西語口語，一說就通！

A: Disculpa, ¿puedo hacerte una pregunta? 對不起，我可以問妳一個問題嗎？

B: Sí, dime. 可以，告訴我。

A: ¿Quién es ella? 她是誰？

B: Ella es Shakira. 她是 Shakira。

A: ¿De dónde es (ella)? （她）來自哪裡？

B: Ella es colombiana. 她是哥倫比亞人。

No estoy seguro. / No estoy segura. 我不確定（男 / 女）。

Creo que ella es de Colombia. 我覺得她來自哥倫比亞。

Lo siento. No sé. 對不起。我不知道。

4.7. Practica con tu compañero.

將表中的名人姓名，搭配 4.6. 跟同學進行對話，並寫下名人的國籍。

	Nombre	Nacionalidad
（1）	Pedro Almodóvar	
（2）	Jack Ma	
（3）	Leo Messi	
（4）	Luciano Pavarotti	
（5）	Leonardo Di Caprio	
（6）	Elizabeth Alexandra Windsor	
（7）	Wang Chien-Ming	
（8）	Enrique Iglesias	
（9）	Emmanuel Macron	
（10）	Naruhito	
（11）	Psy	
（12）	Leonor de Borbón Ortiz	

5. Los interrogativos
疑問詞

5.1. Lee y recuerda.

¡A entender la gramática! 西語文法，一學就懂！

西班牙語的疑問詞有：「qué」（什麼）、「quién」（誰）、「cuándo」（何時）、「dónde」（哪裡）、「cómo」（如何）、「cuál」（哪個）、「cuánto」（多少）、「por qué」（為什麼）。

疑問句的開始和結束，必須同時加上問號：「¿～?」。「¿」代表問題的開始，「?」代表問題的結束。所以，非常容易辨認出疑問句。最後，請注意，疑問詞都要加上重音符號。

用法：

（1）「**qué**」（什麼）

跟著動詞使用，來詢問動作或事物。

例句：「¿**Qué** es esto?」（這是什麼？）

（2）「**quién**」（誰，單數）、「**quiénes**」（誰，複數）

「quién」（誰，單數）用來詢問某個人；「quiénes」（誰，複數）用來詢問一群人或幾個人。這個疑問詞會跟著動詞使用，來詢問某人的身分。

例句：「¿**Quién** es él?」（他是誰？）

「¿**Quiénes** son ellos?」（他們是誰？）

（3）「**cuándo**」（何時）

詢問事情發生的時間。

例句：「¿**Cuándo** es la fiesta?」（派對是什麼時候？）

（4）「**dónde**」（哪裡）

詢問地點。

例句：「¿**Dónde** es la fiesta?」（派對在哪裡？）

（5）「**cómo**」（如何）

詢問人物或事物的狀態或特徵。

例句：「**¿Cómo** es él?」（他長什麼樣？／他是怎樣的人？）

（6）「**cuál**」（哪個）

跟著動詞或名詞使用，來詢問某件事物。

例句：「**¿Cuál** es tu coche?」（哪一台是妳的車？）

（7）「**cuánto**」（多少，陽性單數）、「**cuánta**」（多少，陰性單數）、「**cuántos**」（多少，陽性複數）、「**cuántas**」（多少，陰性複數）

搭配名詞使用，詢問數量。必須跟名詞的陽性、陰性和單數、複數一致。

例句：「**¿Cuánto** es?」（總共多少錢？）、「**¿Cuánto** cuesta?」（多少錢？）

「**¿Cuántos libros?**」（幾本書？）、「**¿Cuántas mesas?**」（幾張桌子？）

（8）「**por qué**」（為什麼）

跟著動詞使用，來詢問原因。

例句：「**¿Por qué** estudias español?」（你為什麼要學習西班牙語？）

5.2. Lee y recuerda.

¡Vamos a viajar! 用西語去旅行！

（1）當您想詢問價格時，可以說：「¿Cuánto cuesta?」（多少錢？）。在西語系國家，您也會聽到有人說：「¿Cuánto vale?」（多少錢？）

（2）當您想買單，或是想詢問總價，可以說：「¿Cuánto es?」（總共多少錢？）

（3）帶有「分」的數字，正確的寫法是使用「,」這個符號，例如：「2,50」。不過，目前也接受使用「.」這個符號，例如：「2.50」。

（4）「.」和「,」的西班牙語念法是「con」，例如：「2.50」唸讀為「Dos con cincuenta.」或「Dos con cincuenta céntimos.」。

5.3. Escucha y lee. MP3-020

¡A practicar! 西語口語，一說就通！

A: ¿Quién es él? 他是誰？

B: Él es mi compañero de universidad. 他是我的大學同學。

A: ¿Cómo se llama? 他叫什麼名字？

B: Él se llama Eduardo. 他叫 Eduardo。

A: ¿De dónde es? 他來自哪裡？

B: Él es hondureño. 他是宏都拉斯人。

A: ¿Cuál es su número de teléfono? 他的電話號碼是幾號？

B: Su número de teléfono es 86237419. 他的電話號碼是 86237419。

A: ¿Quién es esa chica? 那個女孩子是誰？

B: Ella es mi amiga. 她是我的朋友。

A: ¿Cómo se llama? 她叫什麼名字？

B: Ella se llama Rosa. 她叫 Rosa。

A: ¿De dónde es? 她來自哪裡？

B: Ella es española. 她是西班牙人。

5.4. Escucha y lee. Adivina. ¿Qué es? MP3-021

¡A aprender! 西語句型，一用就會！

A: ¿Qué es esto? 這是什麼？

B: Es un mango. 這是一顆芒果。

A: ¿Cuánto cuesta? 多少錢？

B: Un euro con quince céntimos. 一歐元十五分。

	Español	Chino	Precio（€）
1	un mango		1,25
2	un limón		0,75
3	un melón		2,30
4	una papaya		3,10
5	un chocolate		1,50
6	una calculadora		6,80
7	un violín		34,60
8	un piano		99,90
9	una televisión		87,45
10	un sofá		75,15

¡Vamos a escribir!
一起來寫西語吧！

1. Responde.

（1）¿Puedo hacerte una pregunta? ______________________

（2）¿De dónde eres? ______________________

（3）¿Cuál es tu número de teléfono? ______________________

（4）¿Nos vemos más tarde? ______________________

（5）¿Cuándo es la fiesta? ______________________

（6）¿Dónde es la fiesta? ______________________

（7）¿Quién es ella? ______________________

2. Traduce.

（1）我不確定。 ______________________

（2）不客氣。 ______________________

（3）這樣對嗎？ ______________________

（4）多少錢？ ______________________

（5）他是誰？ ______________________

（6）請說慢一點。 ______________________

（7）對不起。我不知道。 ______________________

Hecho por: ______________________

¡Vamos a conversar!
一起來說西語吧！

Hablando de tus amigos 談論你的朋友們 MP3-022

A: ¡Buenas tardes!

B: ¡Buenas tardes!

A: ¿Cómo estás?

B: Bien. ¿Y tú?

A: Bien, gracias.

A: ¿Cómo te llamas?

B: Yo me llamo Leticia. ¿Y tú?

A: Yo me llamo Ricardo.

A: ¿Cuál es tu apellido?

B: Mi apellido es Castro. ¿Y el tuyo?

A: Mi apellido es Ramos.

A: Mucho gusto.

B: Encantada. ¿De dónde eres?

A: Yo soy colombiano. ¿Y tú?

B: Yo soy costarricense.

B: Yo soy estudiante de italiano. ¿Y tú?

A: Yo soy estudiante de chino.

A: Disculpa, ¿quién es ella?

B: Ella es mi compañera de universidad.

A: ¿Es española?

B: Creo que es boliviana.

A: ¿Cuál es su número de teléfono?

B: Lo siento. No sé.

A: Vale. Hasta luego.

B: Adiós.

3 ¿Cuándo es tu cumpleaños? 你的生日是什麼時候？

1. Días de la semana 星期

1.1. Escucha y repite. MP3-023

1.2. Lee y recuerda.

¡A entender la gramática! 西語文法，一學就懂！

（1）表達星期時，星期的西班牙語固定用小寫；除非剛好在句子開頭，否則一律不大寫。

（2）星期都是陽性單字，例如：「el lunes」（星期一）。

（3）星期一到星期五，單數和複數的寫法相同，例如：「el lunes」（星期一）、「todos los lunes」（每個星期一）。

（4）星期六和星期日的複數寫法，需在字尾加上「s」，例如：「este sábado」（這個星期六）、「todos los sábados」（每個星期六）。

1.3. Practica con tu compañero. Usa tus dedos.

1. ¿Qué día es?
2. Martes.
3. ¿Qué día es?
4. Miércoles.

1.4. Escucha y repite. MP3-024

¡A practicar! 西語口語，一說就通！

A: ¿Qué día es hoy? 今天是星期幾？

B: Hoy es martes. 今天是星期二。

2. Meses del año
月份

2.1. Escucha y repite. MP3-025

2.2. Lee y recuerda.

¡Vamos a viajar! 用西語去旅行！

到西語系國家旅行時，請注意西班牙語的日期寫法和用法：

（1）日期格式依序是：日 / 月 / 年。例如：「15.9.23」、「15-9-23」、「15.9.2023」或「15-9-2023」，都代表 2023 年 9 月 15 日。

（2）當日期只有一位數時，不需要加上數字 0；若有特定用途，才會加上數字 0。例如：「Fecha de vencimiento: 02.12.25」（到期日：2025 年 12 月 2 日）。

（3）日期的念讀方式為：「Es 16 de abril de 2021.」或「Estamos a 16 de abril de 2021.」（2021 年 4 月 16 日。）

（4）詢問和回答日期的說法是：「¿A cuántos estamos?」（今天是哪一天？）、「Estamos a 2 de julio.」（今天是 7 月 2 日。）另一種說法分別是：「¿Qué día es hoy?」（今天是哪一天？）、「Es 2 de julio.」（今天是 7 月 2 日。）

（5）每個月的第一天，寫法是：「uno de agosto」（8 月 1 日）；另一種常見的寫法是搭配序數：「primero de agosto」（8 月 1 日）。

2.3. Responde.

A: ¿Cuándo es el Día de la Madre en tu país? 妳國家的母親節在什麼時候？

B: En mayo. 在五月。/ Es el diez de mayo. 是五月十日。

Fiesta 節慶		Fecha 日期
el Día del Padre	父親節	
Navidad	聖誕節	
Año Nuevo	新年	
el Día Internacional de los Trabajadores	勞動節	
el Día de los Enamorados	情人節	

2.4. Escucha y lee. MP3-026

¡A practicar! 西語口語，一說就通！

A: ¿Cuándo es la reunión? 會議在什麼時候？

B: La reunión es el once de agosto. 會議在八月十一日。

A: ¿Dónde es la reunión? 會議在哪裡？

B: En el salón número treinta. 在三十號廳。

2.5. Practica con tu compañero.

	Fecha 日期	Salón 廳
1	15-1-21	32
2	30-4-22	50
3	31-12-23	19
4	16-8-24	41
5	11-6-25	13
6	12-3-26	37
7	8-11-27	45

3. ¿Cuándo es tu cumpleaños?
你的生日是什麼時候？

1 2 3 4 5 6 7 8 9

3.1. Escucha y repite. MP3-027

¡A entender la gramática! 西語文法，一學就懂！

Los números ordinales 序數

primero (a)	第一	séptimo (a)	第七
segundo (a)	第二	octavo (a)	第八
tercero (a)	第三	noveno (a)	第九
cuarto (a)	第四	décimo (a)	第十
quinto (a)	第五	décimo primero (a)	第十一
sexto (a)	第六	décimo segundo (a)	第十二

用法：

（1）序數用來表示序列，與名詞連用，並且跟名詞的陽性與陰性、單數與複數，保持一致。

例句：「Mi **segundo** nombre es Antonio.」（我的第二個名字是 Antonio。）

「Mi **tercera** hermana se llama Luisa.」（我的三姊叫 Luisa。）

「Esta es la **cuarta** reunión.」（這是第四個會議。）

（2）當「primero」（第一）和「tercero」（第三）這兩個序數放在陽性單數名詞之前時，要省略字尾的 -o，但是放在陰性名詞之前則不省略字尾的 -a。

例字：「**primer** piso」（第一層樓）、「**tercera** hija」（第三個女兒）。

例句：「Mi **primer** apellido es Miranda.」（我的第一個姓是 Miranda。）

「Mi **tercer** hermano se llama Luis.」（ 我的三哥叫 Luis 。）

（3）陽性序數可書寫成 1.º, 2.º, 3.º,……（數字右上角加上 º），陰性序數可書寫成 1.ª, 2.ª, 3.ª......（數字右上角加上 ª）。

3.2. Lee y recuerda.

¡Vamos a viajar! 用西語去旅行！

西班牙人會跟家人或朋友一起慶祝生日。

傳統上，收到生日禮物後，會在朋友面前打開它，同時立刻讚美禮物、表達對朋友的感謝。

吃完生日餐點後，朋友們會端出插上蠟燭的生日蛋糕（一根蠟燭代表一歲），所有人共同為壽星唱著名的生日快樂歌。最後，壽星要吹熄蛋糕上的所有蠟燭。

¡Feliz cumpleaños!

¡Felicidades!

Te deseo mucha felicidad y prosperidad.

3.3. Escucha y lee. MP3-028

¡A practicar! 西語口語，一說就通！

A: ¿Puedo hacerte una pregunta? 我可以問妳一個問題嗎？

B: Claro. Dime. 當然。告訴我。

A: ¿Cuándo es tu cumpleaños? 妳的生日是什麼時候？

B: ¡Adivina! 你猜猜看！

A: Vale. ¿Qué mes es? 好。哪個月份？

B: Tercero. 第三（個月）。

A: ¿Qué semana es? 哪一週？

B: Segunda. 第二（週）。

A: ¿Qué día es? 哪一天？

B: Miércoles. 星期三。

A: Es el 6 de marzo. 是三月六日。

B: Es correcto. 正確。

3.4. Practica el diálogo. Usa este calendario.

Enero

lun	mar	mié	jue	vie	sáb	dom
	1	2	3	4	5	6
7	8	9	10	11	12	13
14	15	16	17	18	19	20
21	22	23	24	25	26	27
28	29	30	31			

Febrero

lun	mar	mié	jue	vie	sáb	dom
				1	2	3
4	5	6	7	8	9	10
11	12	13	14	15	16	17
18	19	20	21	22	23	24
25	26	27	28			

Marzo

lun	mar	mié	jue	vie	sáb	dom
				1	2	3
4	5	6	7	8	9	10
11	12	13	14	15	16	17
18	19	20	21	22	23	24
25	26	27	28	29	30	31

Abril

lun	mar	mié	jue	vie	sáb	dom
1	2	3	4	5	6	7
8	9	10	11	12	13	14
15	16	17	18	19	20	21
22	23	24	25	26	27	28
29	30					

Mayo

lun	mar	mié	jue	vie	sáb	dom
		1	2	3	4	5
6	7	8	9	10	11	12
13	14	15	16	17	18	19
20	21	22	23	24	25	26
27	28	29	30	31		

Junio

lun	mar	mié	jue	vie	sáb	dom
					1	2
3	4	5	6	7	8	9
10	11	12	13	14	15	16
17	18	19	20	21	22	23
24	25	26	27	28	29	30

Julio

lun	mar	mié	jue	vie	sáb	dom
1	2	3	4	5	6	7
8	9	10	11	12	13	14
15	16	17	18	19	20	21
22	23	24	25	26	27	28
29	30	31				

Agosto

lun	mar	mié	jue	vie	sáb	dom
			1	2	3	4
5	6	7	8	9	10	11
12	13	14	15	16	17	18
19	20	21	22	23	24	25
26	27	28	29	30	31	

Septiembre

lun	mar	mié	jue	vie	sáb	dom
						1
2	3	4	5	6	7	8
9	10	11	12	13	14	15
16	17	18	19	20	21	22
23	24	25	26	27	28	29
30						

Octubre

lun	mar	mié	jue	vie	sáb	dom
	1	2	3	4	5	6
7	8	9	10	11	12	13
14	15	16	17	18	19	20
21	22	23	24	25	26	27
28	29	30	31			

Noviembre

lun	mar	mié	jue	vie	sáb	dom
				1	2	3
4	5	6	7	8	9	10
11	12	13	14	15	16	17
18	19	20	21	22	23	24
25	26	27	28	29	30	

Diciembre

lun	mar	mié	jue	vie	sáb	dom
						1
2	3	4	5	6	7	8
9	10	11	12	13	14	15
16	17	18	19	20	21	22
23	24	25	26	27	28	29
30	31					

	Estudiante	Cumpleaños		Estudiante	Cumpleaños
1			5		
2			6		
3			7		
4			8		

4. Estaciones del año
一年四季

4.1. Escucha y repite. MP3-029

¡A aprender! 西語句型，一用就會！

El invierno es de diciembre a febrero en Taiwán. 台灣的冬天是從十二月到二月。

la primavera 春天	el otoño 秋天
el verano 夏天	el invierno 冬天

A: ¿Qué tiempo hace hoy? 今天天氣如何？

B: Hace frío. 很冷。

hace calor	天氣熱	hace viento	有風
hace buen tiempo	天氣好	llueve	下雨
hace mal tiempo	天氣不好	nieva	下雪
hace sol	出太陽	está nublado	多雲

A: ¿Qué temperatura hace? 氣溫是幾度？

B: Veinte grados centígrados. 20 度。

B: Cinco grados bajo cero. 負 5 度。

4.2. Practica con tu compañero.

¡A practicar! 西語口語，一說就通！

A: ¿Qué tiempo hace? B: Hace frío.

A: ¿Qué temperatura hace? B: Ocho grados centígrados.

4.3. Practica con tu compañero.

1. ¿Cómo se llama el primer mes del año?
6. Cinco grados.
2. Enero.
3. ¿Qué tiempo hace?
4. Hace frío.
5. ¿Qué temperatura hace?

5. ¿Cómo se dice "~" en español?
這句「～」的西班牙語怎麼說？

5.1. Escucha y repite. MP3-030

Objetos 物品

una hoja de papel	紙	una regla	尺
una mesa	桌子	un rotulador	馬克筆
un monitor	螢幕	una silla	椅子
una lámpara	檯燈	una taza	馬克杯
un ordenador una computadora	電腦	un teclado	鍵盤
un ratón	滑鼠	una tijera unas tijeras	剪刀

5.2. Escucha y repite. MP3-031

¡A aprender! 西語句型，一用就會！

A: ¿Cómo se dice " 原子筆 " en español? 「原子筆」的西班牙語怎麼說？

B: Bolígrafo. Bolígrafo。

B: Lo siento. No sé. 對不起。我不知道。

5.3. Practica con tu compañero.

A: ¿Cómo se dice el número uno en español?

B: Lámpara.

5.4. Escucha y lee. Practica con tu compañero. MP3-032

A: ¿Cómo se dice "banco" en chino? 「Banco」的中文怎麼說？

B: Creo que 銀行. 我覺得是銀行。

B: Lo siento. No sé. 對不起。我不知道。

	Español	Chino		Español	Chino
1	ideal		11	director	
2	hospital		12	excelente	
3	restaurante		13	opinión	
4	romántico		14	presidente	
5	actor		15	dentista	

6. ¿Cómo se escribe "mesa"?
「mesa」怎麼寫？

6.1. Lee y recuerda.

Las letras del alfabeto 字母表

Letra	Nombre de la letra	Letra	Nombre de la letra	Letra	Nombre de la letra
A	a	J	jota	R	erre
B	be	K	ka	S	ese
C	ce	L	ele	T	te
Ch	che	Ll	elle	U	u
D	de	M	eme	V	uve
E	e	N	ene	W	uve doble
F	efe	Ñ	eñe	X	equis
G	ge	O	o	Y	i griega
H	hache	P	pe	Z	zeta
I	i	Q	cu		

6.2. Escucha y repite. MP3-033

¡A aprender! 西語句型，一用就會！

★ A: ¿Cómo se escribe "hola"? 「hola」怎麼寫？

B: Hache-O-Ele-A. H-O-L-A.

B: No estoy seguro. / No estoy segura. 我不確定。（男 / 女）

★ A: ¿Puedes repetir, por favor? 可以請妳再說一次嗎？

B: ¡Por supuesto! 當然！

★ A: ¿Puedes hablar más despacio, por favor? 可以請妳說慢一點嗎？

B: ¡Claro! 當然！

★ A: ¿Está bien así? 這樣對嗎？

B: Sí. / No. 對。/ 不對。

6.3. Practica con tu compañero.

1. ¿Cómo se dice "尺" en español?
2. Regla.
3. ¿Cómo se escribe?
4. R-e-g-l-a.
5. ¿Cómo se escribe "浪漫" en español?
6. R-o-m-a-n-t-i-c-o con acento en la a.

6.4. Escucha y lee. MP3-034

¡A practicar! 西語口語，一說就通！

A: ¿Cómo se escribe tu nombre? 妳的名字怎麼寫？

B: Ce-A-Erre-Eme-E-Ene. C-A-R-M-E-N.

A: ¿Cómo se escribe tu apellido? 妳的姓怎麼寫？

B: Be-Ele-A-Ene-Ce-O. B-L-A-N-C-O.

A: Gracias 謝謝。

B: De nada. 不客氣。

6.5. Escucha y lee. MP3-035

¡A practicar! 西語口語，一說就通！

A: Vamos a la playa. ¿Qué te parece? 我們一起去海灘吧。妳覺得如何？

B: Buena idea. ¿Qué te parece Playa Tortuga? 好主意。你覺得 Tortuga 海灘如何？

A: ¿Cómo se escribe "tortuga"? 「tortuga」怎麼寫？

B: Te-O-Erre-Te-U-Ge-A. T-O-R-T-U-G-A.

A: ¡Oh! Es una playa muy bonita, famosa y romántica.
喔！是一個非常漂亮、有名和浪漫的海灘。

¡Vamos a escribir!
一起來寫西語吧！

1. Escribe una oración. Usa estos temas.

（1）¿Cómo se llama esta fiesta? ____________________

（2）¿Dónde se celebra? ____________________

（3）¿Qué día es? ____________________

（4）¿Cómo se llaman estos protagonistas? ____________________

（5）¿Qué te parece? ____________________

（6）¿Es igual en tu país? ____________________

（7）¿Cuándo es en tu país? ____________________

Hecho por: ____________________

¡Vamos a conversar!
一起來說西語吧！

Mi información de contacto 我的聯絡方式 MP3-036

A: Buenas tardes. ¿Cómo estás?
B: Bien. ¿Y tú?
A: Bien, gracias. ¿Cómo te llamas?
B: Me llamo Olga.
A: ¿Cuál es tu apellido?
B: López.
A: Disculpa, ¿Cómo se escribe tu apellido?
B: Ele-O-Pe-E-Zeta con acento en la O.
A: Mucho gusto.
B: Encantada.
A: Yo soy estudiante. ¿Y tú?
B: Yo también.
A: ¿De dónde eres?
B: Soy de Barcelona.
A: ¿Cómo se dice " 歡迎蒞臨台灣 " en español?
B: Bienvenido a Taiwán.
A: Pues, bienvenida a Taiwán.
B: ¡Gracias!
A: ¿Cuál es tu número de teléfono?
B: 0952138647.
A: ¿Nos vemos más tarde?
B: Vale. Umm... ¿Qué día es hoy?
A: Hoy es martes 22 de diciembre.
B: ¡Ah! Lo siento, tengo una reunión con mi compañero. ¿Qué te parece el 25 de diciembre?
A: Está bien. ¿Vamos al cine?
B: Buena idea.
A: Vale. Nos vemos en la entrada del cine. Hasta luego.
B: Adiós.

小提醒 （1）如果您正在跟一位男士說話，必須說：「¡Bienvenido a Taiwán!」（歡迎蒞臨台灣！）如果說話對象是女士，則必須說：「¡Bienvenida a España!」（歡迎蒞臨西班牙！）

（2）「Tengo una reunión con mi compañero.」（我跟我的同學有一個會議。）我們會在 Lección 4 學習這句話的動詞變化和用法。

4 ¿A qué te dedicas? 你做什麼工作？

1. Profesiones 職業

1.1. Escucha y repite. MP3-037

¿A qué te dedicas?
Yo soy enfermera.

Profesión	職業	Profesión	職業
abogado / abogada	律師（男 / 女）	dependiente / dependienta	店員（男 / 女）
ingeniero / ingeniera	工程師（男 / 女）	camarero / camarera	服務生（男 / 女）
enfermero / enfermera	護士（男 / 女）	trabajador / trabajadora	勞動者（男 / 女）
médico / médica	醫生（男 / 女）	empresario / empresaria	企業家（男 / 女）
arquitecto / arquitecta	建築師（男 / 女）	funcionario / funcionaria	公務員
profesor / profesora	教授（男 / 女）	estudiante	學生
gerente / gerenta	經理（男 / 女）	cantante	歌手
secretario / secretaria	祕書（男 / 女）	periodista	記者
contador / contadora contable	會計師（男 / 女）	oficinista	上班族 / 職員

1.2. Escucha y repite. MP3-038

¡A aprender! 西語句型，一用就會！

A: ¿A qué te dedicas?
妳做什麼工作？

B: Yo soy abogada. ¿Y tú?
我是律師。你呢？

A: Yo soy arquitecto. Mucho gusto.
我是建築師。幸會。

B: Mucho gusto. Esta es mi tarjeta de presentación.
幸會。這是我的名片。

A: Muchas gracias. Esta es la mía.
非常謝謝。這是我的（名片）。

1.3. Lee y recuerda.

¡A entender la gramática! 西語文法，一學就懂！

（1）想表達從事何種職業，可使用動詞「ser」（是）。句型：【主詞 + **ser** + 職業】
例句：「Yo **soy** periodista.」（我是記者。）

（2）動詞「ser」（是）之後的名詞、形容詞和代名詞，必須跟主詞的陽性或陰性、單數或複數，保持一致。例句：「Yo **soy** ingeniera.」（我是工程師。〈女性〉）

（3）想詢問他人做什麼工作，可以說：「¿Qué haces?」（你做什麼工作？）或「¿A qué te dedicas?」（你做什麼工作？）。

請注意，「¿Qué haces?」（你做什麼工作？）這句話在某些情況下，也意味著詢問他人在做什麼：「¿Qué haces?」（你在做什麼？）

1.4. Practica con tu compañero.

Pregunta	Estudiante 1	Estudiante 2	Estudiante 3
Nombre (¿Cómo te llamas?)			
Nacionalidad (¿De dónde eres?)			
Profesión (¿A qué te dedicas?)			

2. Presente de indicativo: verbos regulares
陳述式現在時：規則動詞

2.1. Lee recuerda.

¡A entender la gramática! 西語文法，一學就懂！

Presente de indicativo: verbos regulares 陳述式現在時：規則動詞

主詞	動詞字尾是 **ar**	動詞字尾是 **er**	動詞字尾是 **ir**
yo 我	**-o**	**-o**	**-o**
tú 你 / 妳	**-as**	**-es**	**-es**
él / ella / usted 他 / 她 / 您	**-a**	**-e**	**-e**

用法：

（1）詢問或提供關於目前時刻的資訊。

例句：「Yo **trabajo** en un supermercado.」（我在一家超級市場工作。）

（2）表達習慣或頻繁發生的事件。

例句：「Tú **estudias** español en la universidad.」（你在大學學習西班牙語。）

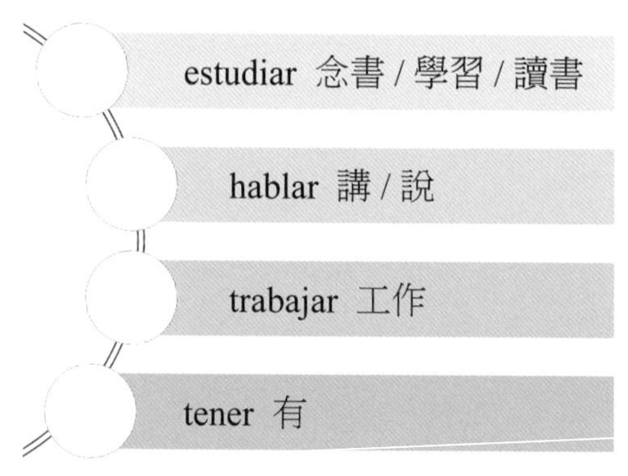

estudiar 念書 / 學習 / 讀書
hablar 講 / 說
trabajar 工作
tener 有

Presente de indicativo: verbos regulares 陳述式現在時：規則動詞

	estudiar	**hablar**	**trabajar**
yo 我	estudio	hablo	trabajo
tú 你 / 妳	estudias	hablas	trabajas
él / ella / usted 他 / 她 / 您	estudia	habla	trabaja

小提醒 （1）西班牙語可以在句中省略人稱代名詞，只使用按照不同人稱代名詞變化後的西班牙語動詞。例句：「**Trabajo** en un hospital.」（我在一家醫院工作。）

（2）西班牙語動詞共有三組分別是「**-ar**、**-er**、**-ir**」結尾的動詞，搭配不同人稱代名詞而有上面表格中的現在時態（本書一律寫成「現在時」）動詞變化。

（3）西班牙語動詞共有四種式（modo）：陳述式（modo indicativo）、虛擬式（modo subjuntivo）、可能式（modo potencial）、命令式（modo imperativo）。本書介紹的動詞變化，都是陳述式的變化。

3. Estudiar
念書／學習／讀書

3.1. Escucha y repite. MP3-039

¡A aprender! 西語句型，一用就會！

Yo estudio <u>Sociología</u>. 我念<u>社會學</u>。

Administración de Empresas	企業管理學	Política	政治學
Contabilidad	會計學	Historia	歷史學
Finanzas	財務金融學	Filosofía	哲學
Medicina	醫學	Psicología	心理學
Educación	教育學	Derecho	法律學
Ingeniería	工程學	Informática	資訊學

小提醒 學科的字首字母須大寫，同時不加定冠詞。

Yo estudio en la Universidad Nacional. 我在國立大學念書。

la escuela	學校	el colegio	中學 / 高中

Yo estudio español en mi habitación. 我在我的房間讀西班牙語。

mi casa	我家	la biblioteca	圖書館
mi apartamento	我的公寓		

Yo pienso que es importante. 我認為這是重要的。

útil	有用的	interesante	有趣的

小提醒 表達想法或意見時，可以說：「Yo pienso que...」（我認為……）。

3.2. Escucha y lee. MP3-040

¡A practicar! 西語口語，一說就通！

A: ¿A qué te dedicas? 妳做什麼工作？

B: Soy estudiante. 我是學生。

A: ¿Qué estudias? 妳學習什麼？

B: Yo estudio español. 我學習西班牙語。

A: ¿Por qué estudias español? 妳為什麼學習西班牙語？

B: Yo pienso que es importante. 我認為這是重要的。

A: ¿Dónde estudias? 妳在哪裡念書？

B: Yo estudio en la Universidad Nacional. 我在國立大學念書。

3.3. Adivina.

A: ¿Qué estudia Marta? B: Yo pienso que ella estudia Historia.

① Ricardo

② Marta

③ Antonio

④ Lucía

⑤ Marcos

⑥ Elisa

⑦ Sandra

⑧ Rosa

⑨ Jorge

⑩ Isabel

4. Hablar
講 / 說

4.1. Escucha y repite. MP3-041

¡A aprender! 西語句型，一用就會！

Yo hablo italiano. 我講義大利語。

inglés	英語	coreano	韓語
portugués	葡萄牙語	chino	華語、中文
francés	法語	japonés	日語

小提醒 部分陽性單數的國籍單字（見 Lección 2 4.1.），也是該國語言的西班牙語說法。例如：「alemán」（德國人〈男性〉、德語）。

Yo hablo con mi profesor. 我跟我的教授講話。

conmigo	跟我	con nosotros / nosotras	跟我們（男 / 女）
contigo	跟你 / 跟妳	con vosotros / vosotras	跟你們 / 跟妳們
con él / con ella	跟他 / 跟她	con ellos / ellas	跟他們 / 跟她們
con usted	跟您	con ustedes	跟您們

Él habla conmigo todos los días. 他每天跟我講話。

todas las mañanas	每天早上	todas las noches	每天晚上
todas las tardes	每天下午	todos los fines de semana	每個週末

小提醒 想表達每個星期幾的「每個」時，可以使用「todos los」，並搭配星期一到星期日的西班牙語來表示。句型：【**todos los** + 星期】，例如：「**todos los** viernes」（每個星期五）。

4.2. Escucha y lee. MP3-042

¡A practicar! 西語口語，一說就通！

A: Disculpa, ¿hablas español? 抱歉，妳會說西班牙語嗎？

B: Sí, un poco. 會，一點點。

A: ¡Fantástico! ¿Qué lenguas hablas? 太棒了！妳會說什麼語言？

B: Yo hablo chino, español y japonés. 我會說華語、西班牙語和日語。

A: ¿Japonés? ¿Con quién hablas japonés? 日語？妳跟誰說日語？

B: Yo hablo japonés con mi cliente. 我跟我的客戶說日語。

A: ¿Cuándo hablas con tu cliente? 妳什麼時候跟妳的客戶講話？

B: Yo hablo con mi cliente todas las noches. 我每天晚上都跟客戶講話。

小提醒

（1）想表達語言的流利程度，可以說：「Yo hablo un poco de alemán.」（我會說一點點德語。）、「Tú hablas inglés muy bien.」（你英語說得很好。）

（2）可以用「y」、「e」這二個單字表達「和」，當緊接的下一個單字開頭字母為 i 時，必須使用「e」，例如：「Yo hablo chino e italiano.」（我會說華語和義大利語。）其他情況一律使用「y」，例如：「Yo hablo inglés y chino.」（我會說英語和華語。）

4.3. Lee y recuerda.

¡A viajar! 用西語去旅行！

西班牙語（español）目前是全世界最多使用人口的拉丁語系語言，其他拉丁語系分支還有法語（francés）、義大利語（italiano）、葡萄牙語（portugués）、羅馬尼亞語（rumano）。

現代國際通行的西班牙語源自西班牙卡斯蒂亞王國（Castilla），卡斯蒂亞王國的主要語言：卡斯蒂利亞語（castellano），演變為現在的西班牙官方語言，以及西班牙語標準語音。因此，西班牙語也可以叫做卡斯蒂利亞語。不過，目前最通用的名稱還是西班牙語。

在西班牙，還有其它三種流通的主要方言：加泰隆尼亞語（catalán）、巴斯克語（vasco）、加葉哥語（gallego），這些方言都是西班牙的官方語言。

5. Trabajar 工作

5.1. Escucha y repite. MP3-043

¡A aprender! 西語句型，一用就會！

用法 1：表達工作的地點

Yo trabajo en una empresa. 我在一家公司工作。

un despacho	一家事務所	una clínica	一間診所
una fábrica	一間工廠	una corporación	一家大公司、集團公司
una compañía	一家公司	un supermercado	一家超級市場

用法 2：表達和誰工作

Yo trabajo con un contador. 我和一位會計師工作。

Yo trabajo con una enfermera. 我和一位護士工作。

小提醒 請搭配 1.1. 的單字，說出更多西班牙語句子。

用法 3：表達工作的時間

Yo trabajo todos los días. 我每天工作。

小提醒 請搭配 4.1. 的單字，說出更多西班牙語句子。

5.2. Practica con tu compañero.

1. Adivina, yo trabajo en un despacho.
2. Tú eres abogado.
3. Adivina, yo trabajo en un restaurante.

5.3. Escucha y lee. MP3-044

¡A practicar! 西語口語，一說就通！

A: ¿A qué te dedicas? 妳做什麼工作？

B: Yo soy médica. 我是醫師。

A: ¿Dónde trabajas? 妳在哪裡工作？

B: Yo trabajo en un hospital. 我在一家醫院工作。

A: ¿Con quién trabajas? 妳跟誰一起工作？

B: Yo trabajo con tres enfermeras. 我和三位護士一起工作。

A: ¿Cuándo trabajas en el hospital? 妳什麼時候在醫院工作？

B: Yo trabajo de lunes a viernes. 我從星期一到星期五工作。

小提醒 想表達一段時間時，可以使用「de… a…」（從……到……）。句型：【de ＋ 一個動作或狀態的開始時間 ＋ a ＋ 一個動作或狀態的結束時間】，例如：「Trabajo de lunes a jueves.」（我從星期一到星期四工作。）請參考 Lección 7 9.3.，說出更多西班牙語句子。

5.4. Completa este formulario.

FORMULARIO DE SOLICITUD DE EMPLEO

Nombre y apellidos: ______________________________ Sexo: ______________

Fecha de nacimiento: ________________ Lugar de nacimiento: ____________

Teléfono de casa: ___________________ Teléfono móvil: ________________

Nacionalidad: ______________________ Número de pasaporte: ___________

Estudios: ____

Lenguas: ____

Puesto: ☐ abogado ☐ ingeniero ☐ arquitecto ☐ secretaria ☐ dependiente

Años de experiencia: ________ Disponibilidad: ☐ inmediata ☐ mes: ______

Firma: __________________________ Fecha: __________________

6. Presente de indicativo: verbos irregulares
陳述式現在時：不規則動詞

6.1. Lee y recuerda.

¡A entender la gramática! 西語文法，一學就懂！

Verbo tener 動詞「tener」（有）

	tener
yo 我	tengo
tú 你 / 妳	tienes
él / ella / usted 他 / 她 / 您	tiene

用法：

（1）表示擁有。句型：【主詞 + **tener** + 物品 / 活動 / 動物】

例句：「Yo **tengo** un libro.」（我有一本書。）

「Tú **tienes** una reunión.」（你有一場會議。）

「Ella **tiene** un perro.」（她有一隻狗。）

（2）談論家庭。句型：【主詞 ＋ **tener** ＋ 家庭成員】

例句：「Yo **tengo** dos hermanas mayores.」（我有兩個姊姊。）

（3）表達年紀。句型：【主詞 ＋ **tener** ＋ 年紀】

例句：「Yo **tengo** treinta y dos años.」（我三十二歲。）

（4）表示必須 。句型：【主詞 ＋ **tener** ＋ **que** ＋ 動詞】

例句：「Yo **tengo que** hablar con él.」（我必須跟他講話。）

（5）形容一個人、地點或物品。（Lección 6 1.1. 會介紹這個用法）

例句：「Yo **tengo** los ojos marrones.」（我的眼睛是棕色的。）

（6）表示暫時性的生理或心理狀態。句型：【主詞 ＋ **tener** ＋ **hambre, miedo...**】

例句：「**Tengo** hambre.」（我餓了。）、「**Tengo** miedo.」（我害怕。）

6.2. Escucha y repite. MP3-045

¡A aprender! 西語句型，一用就會！

Yo tengo una memoria USB. 我有一個隨身碟。

una cámara	一台相機	un reloj	一只手錶
unos auriculares	一副耳機	un micrófono	一支麥克風

Yo tengo una clase de portugués. 我有一堂葡萄牙語課。

una reunión	一場會議	una cita	一個約會
una conferencia	一場演講	una entrevista	一場面談 / 採訪

Yo tengo que hablar con mi compañero de oficina. 我必須跟同事談談。

trabajar este fin de semana	這個週末工作
estudiar todos los días	每天唸書

Yo tengo hambre. 我餓了。

sed	渴	frío	冷
calor	熱	miedo	害怕

6.3. Escribe.

4
1
3
2
5

Yo tengo un ordenador portátil. / Yo tengo una computadora portátil.

(1) ______________________________

(2) ______________________________

(3) ______________________________

(4) ______________________________

(5) ______________________________

6.4. Practica. ¿Qué tienes que hacer?

¿Qué tienes que hacer?
Yo tengo que estudiar español.

6.5. Escucha y lee. MP3-046

¡A practicar! 西語口語，一說就通！

A: ¿Qué es esto? 這是什麼？

B: Es mi libro de español. 是我的西班牙語書。

A: ¿Cuántos libros de español tienes? 妳有幾本西班牙語書？

B: Yo tengo diez libros. 我有十本書。

A: ¡Diez libros! 十本書！

B: Sí. Es que yo tengo diez cursos de español. 是。我有十堂西班牙語課程。

A: ¿Cuántos compañeros tienes? 妳有幾個同學？

B. Yo tengo veinte compañeros. 我有二十個同學。

Mira, esta es una foto de mis compañeros de clase. 你看，這是一張我們班同學的照片。

A: Oye, ¿quién es él? 嘿，他是誰？

B: Él es mi profesor de español. 他是我的西班牙語教授。

A: ¿Cuántos años tiene? 他幾歲？

B: Creo que tiene treinta y dos años. 我覺得他三十二歲。

A: ¡Uy! Hablamos luego. 啊！晚一點聊。

Tengo una reunión en un momento. 我一會兒有一個會議。

B: De acuerdo. Yo también tengo que estudiar. 好的。我也必須念書。

Tengo un examen mañana. 我明天有一個考試。

小提醒　「Yo creo que...」（我覺得……）。

7. Presentación personal
自我介紹

7.1. Lee. MP3-047

¡Hola!
Me llamo Carlos.
Soy español, de Madrid.
Soy estudiante de Derecho en la Universidad Nacional.
Estudio español porque pienso que es muy útil.
Yo hablo español, inglés y un poco de chino.
Yo también tengo un trabajo de medio tiempo.
Trabajo en una librería todas las noches.
Tengo veinte años y tengo novia.
Ella se llama Rosa.

小提醒 想表達「兼職工作」，您可以說：「trabajo de tiempo parcial」或「trabajo de medio tiempo」。

7.2. Haz una presentación personal. （做一次自我介紹。）

¿Qué lenguas hablas?
¿Por qué estudias español?
¿A qué te dedicas?
¿Cuándo estudias español?
¿De dónde eres?
¿Dónde trabajas?
¿Cómo te llamas?
¿Cuántos años tienes?

(1) ____________________

(2) ____________________

(3) ____________________

(4) ____________________

(5) ____________________

(6) ____________________

(7) ____________________

(8) ____________________

8. ¡Viva La Tomatina!
番茄節萬歲！

8.1. Lee y recuerda.

¡Vamos a viajar! 用西語去旅行！

位於西班牙瓦倫西亞的 Buñol 小鎮，每年 8 月最後一個禮拜三都會舉辦 La Tomatina（番茄節）。

節慶當天早上，參賽者必須爬上塗滿油脂、頂端掛有一條火腿的長木桿。當參賽者取得火腿後，番茄節的重頭戲緊接著登場。

上午 11 點左右，一輛輛載滿番茄的大貨車開進鎮上，並將熟透的蕃茄傾倒在路邊。一聲煙火警示音宣告番茄大戰正式展開，所有參加者開始瘋狂互砸番茄，展開一年一度史上最大的番茄戰爭。

番茄節的參加規則如下：

- 不能攜帶瓶子或硬物，否則可能導致意外或造成參加者受傷。
- 不要撕扯或扔掉自己的 T 恤，當然也包含別人的衣物。
- 丟番茄之前要先將番茄壓扁，減輕砸人造成的疼痛感。
- 與大貨車保持安全距離。
- 聽到第二聲煙火警示音時，停止丟番茄。
- 遵循安全人員的指示。

番茄節相傳起緣於 1945 年八月的最後一個禮拜三，當時一些年輕人參加鎮上的巨人與大頭人偶遊行活動。這些精力旺盛的年輕人想加入遊行，卻意外讓一位遊行參與者跌倒。結果路邊的蔬菜攤成了最大的受害者，憤怒的人們開始拿起番茄互相丟擲。最終，演變成每年約有三萬人湧入 Buñol 小鎮參加的大型活動，人們會在街道上投擲超過上百噸的番茄。

¡Vamos a escribir!
一起來寫西語吧！

1. Responde.

（1）¿A qué te dedicas? ______________________________

（2）Esta es mi tarjeta de presentación. ______________________________

（3）¿Qué estudias? ______________________________

（4）¿Qué lenguas hablas? ______________________________

（5）¿Dónde trabajas? ______________________________

（6）¿Cuándo tienes la reunión? ______________________________

（7）¿Qué tienes que hacer? ______________________________

2. Traduce.

（1）我明天有一場面談。 ______________________________

（2）我在我的房間讀法語。 ______________________________

（3）我爸爸每天跟我的鄰居講話。 ______________________________

（4）我在一間診所工作。 ______________________________

（5）我害怕了。 ______________________________

（6）你幾歲？ ______________________________

（7）我在大學學習西班牙語。 ______________________________

Hecho por: ______________________________

¡Vamos a conversar!
一起來說西語吧！

En una entrevista 在一場採訪中 MP3-048

A: Disculpa, ¿puedo hacerte unas preguntas?
B: Sí, claro.

A: ¿Cómo te llamas?
B: Marta.

A: ¿Cuál es tu apellido?
B: Soto Villalobos.

A: ¿De dónde eres?
B: De Chile.

A: ¿A qué te dedicas?
B: Soy contadora.

A: ¿Dónde trabajas?
B: Trabajo en una empresa.

A: ¿Qué lenguas hablas?
B: Hablo inglés y chino. Ahora estudio español.

A: ¿Dónde estudias español?
B: En un instituto.

A: ¿Todos los días?
B: No. Estudio los lunes y jueves.

A: ¿Por qué estudias español?
B: Pienso que es muy útil.

A: ¿Cuántos años tienes?
B: Veinticuatro años.

A: ¿Cuándo es tu cumpleaños?
B: Es el dieciocho de noviembre.

A: Vale. Esto es todo. Muchas gracias.
B: De nada.

5 ¿Dónde vives? 你住在哪裡？

1. El correo electrónico 電子郵件

1.1. Mira la tarjeta de presentación.

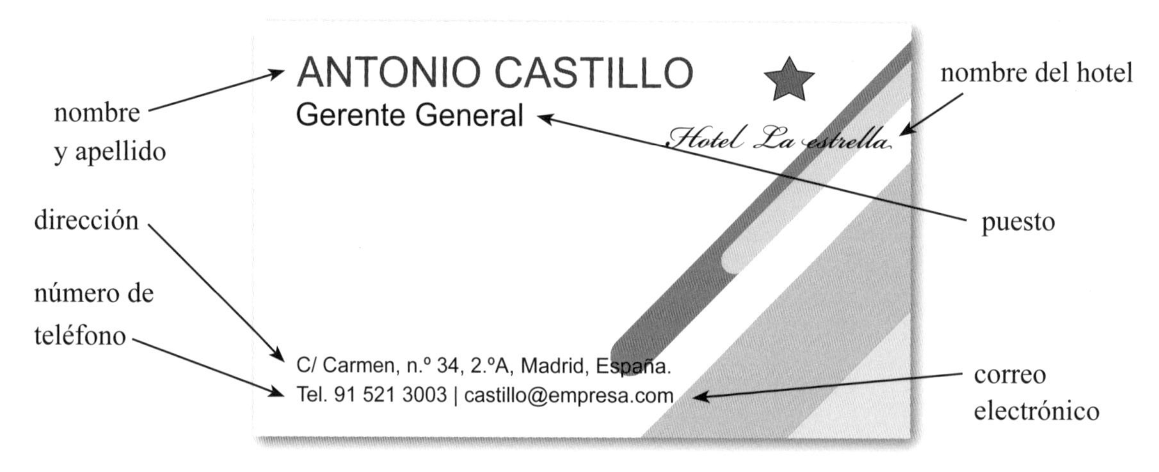

小提醒 （1）「de ＋ el」須合寫成：「del」。例如：「El nombre **del** hotel es La estrella.」（飯店的名字是 La estrella。）

（2）「a ＋ el」須合寫成：「al」。例如：「Yo voy **al** parque.」（我去公園。）

1.2. Responde.

（1）¿Cómo se llama? (Nombre de la persona) ______________________

（2）¿A qué se dedica? (Puesto) ______________________

（3）¿Cuál es su número de teléfono? ______________________

（4）¿Cómo se llama el hotel? ______________________

1.3. Escucha y repite. MP3-049

¡A aprender! 西語句型，一用就會！

A: ¿Cuál es tu correo electrónico? 妳的電子郵件是什麼？

B: Mi correo electrónico es agd12@com.es. 我的電子郵件是 agd12@com.es。

A: ¿Cuál es el correo electrónico de tu oficina? 妳的辦公室電子郵件是什麼？

B: Es agenda@correo.com. 是 agenda@correo.com。

@ arroba	小老鼠	/ barra	斜線
. punto	點	\ barra inversa	反斜線
– guion / guion superior	小橫槓	* asterisco	星號 / 米字號
_ guion bajo / guion inferior	底線	# numeral	井字號

1.4. Lee y recuerda.

¡Vamos a viajar! 用西語去旅行！

（1）電子郵件帳號如果包含人名、事物、動物、形容詞等，通常會直接念讀整個單字。例如：「sol@cielo.com」，就會念讀為：「sol arroba cielo punto com」。

（2）詢問電子郵件有幾種不同的說法：「¿Cuál es tu dirección de correo electrónico?」（你的電子郵件是什麼？）、「¿Qué dirección de correo electrónico tienes?」（你的電子郵件是什麼？）、「¿Qué dirección de email tienes?」（你的電子郵件是什麼？）、「¿Tienes correo electrónico?」（你有電子郵件嗎？）

1.5. Escucha y repite. MP3-050

¡A practicar! 西語口語，一說就通！

A: ¿Cuál es tu correo electrónico? 妳的電子郵件是什麼？

B: Es luna@correo.com. 是 luna@correo.com。

A: ¿Está bien así? 這樣對嗎？

B: Sí. 對。

1.6. Practica con tu compañero.

	Nombre	Correo electrónico
(1)		
(2)		
(3)		

2. La dirección
地址

2.1. Escucha y repite. MP3-051

¡A aprender! 西語句型，一用就會！

A: ¿Cuál es tu dirección?

妳的地址是什麼？

B: Mi dirección es

calle Carmen, número 34, segundo piso, puerta A, Madrid, España. (C/ Carmen, n.º 34, 2.ºA, Madrid, España.)

我的地址是西班牙馬德里卡門街 34 號 2 樓 A 室。

2.2 Lee y recuerda.

¡A viajar! 用西語去旅行！

在西語系國家，寫地址時習慣使用縮寫。底下是常用的地址縮寫一覽表，在西語系國家旅行時，無論是住宿、用餐、觀光、購物等等，這些縮寫一定派得上用場。

av.	avenida	路	n.º	número	號	Cdad.	ciudad	城市
avda.	avenida	路	núm.	número	號	teléf.	teléfono	電話
c.	calle	街	pl.	plaza	廣場	tel.	teléfono	電話
c/	calle	街	plza.	plaza	廣場	Sr.	señor	先生
Cía.	compañía	公司	pza.	plaza	廣場	Sra.	señora	太太
Comp.	compañía	公司	p.º	paseo	大道	Srta.	señorita	小姐

2.3. Practica con tu compañero.

A: ¿Cuál es la dirección del Banco Nacional? 國家銀行的地址是什麼？

¿Cuál es la dirección de la Biblioteca Nacional? 國家圖書館的地址是什麼？

B: La dirección es ... 地址是……

	Lugar	Dirección
(1)	Biblioteca Nacional	avda. Libertador Bernardo O' Higgins 651, Santiago, Chile
(2)	Correo Argentino	av. de Mayo 770, Buenos Aires, Argentina
(3)	Museo Nacional	av. Patria, Quito, Ecuador
(4)	Hospital San Juan	avda.1, Guatemala 01001, Guatemala
(5)	Fuente de Cibeles	Pl. Cibeles, 28014 Madrid, España

3. Mi casa
我的家

3.1. Mira.

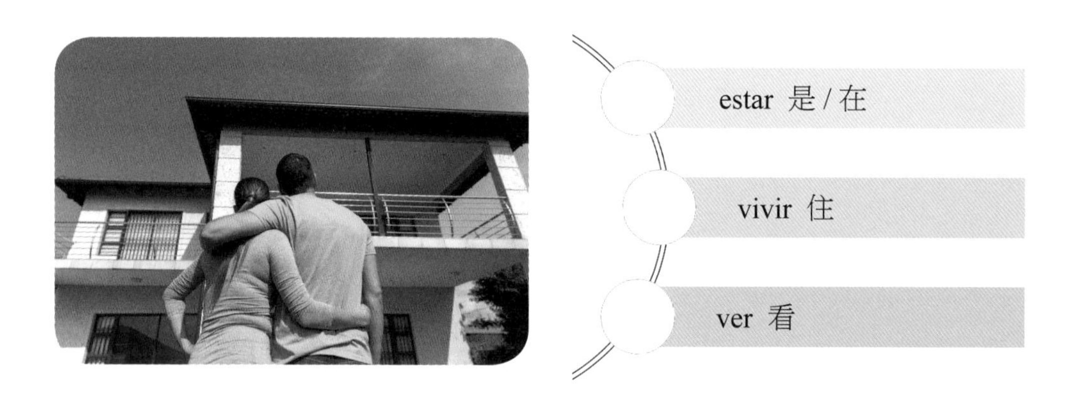

3.2. Lee y recuerda.

¡A entender la gramática! 西語文法，一學就懂！

Presente de indicativo: verbos regulares 陳述式現在時：規則動詞

	ver	**vivir**	**estar**（不規則動詞）
yo	veo	vivo	**estoy**
tú	ves	vives	**estás**
él / ella / usted	ve	vive	**está**

4. Estar
是 / 在

4.1. Lee y recuerda.

¡A entender la gramática! 西語文法，一學就懂！

Verbo Estar 動詞「Estar」（是 / 在）

用法：

（1）表達感受或健康情況。

例句：「Tú **estás** muy feliz.」（你很快樂。）、「Yo **estoy** enfermo.」（我生病了。）

（2）表達地方，就是「在」的意思。

例句：「Ella **está** en la oficina.」（她在辦公室。）

「**Estoy** en el restaurante.」（我在餐廳。）

（3）表達「Estado civil」（婚姻狀況）。

例句：「Él **está** soltero.」（他未婚。）、「Ella **está** soltera.」（她未婚。）

「Él **está** casado.」（他已婚。）、「Ella **está** casada.」（她已婚。）

Yo estoy muy feliz.
Estoy en mi casa.
Estoy casada con Andrés.

4.2. Escucha y repite. MP3-052

¡A aprender! 西語句型，一用就會！

Yo estoy muy bien. 我很好。

cansado / cansada	累的（男 / 女）	ocupado / ocupada	忙的（男 / 女）
feliz	高興的	resfriado / resfriada	感冒的（男 / 女）

Él está en el supermercado. 他在超級市場。

la librería	書店	la farmacia	藥局
el hotel	飯店	la tienda	商店

Mi hermano está casado. 我的弟弟結婚了。

soltero / soltera	未婚的、單身的（男 / 女）
divorciado / divorciada	離婚的（男 / 女）

4.3. Escucha y lee. MP3-053

¡A practicar! 西語口語，一說就通！

A: ¿Cómo estás? 妳好嗎？

B: Yo estoy muy feliz. 我很開心。

A: ¿Por qué? 為什麼？

B: No tengo que trabajar hoy. 我今天不必工作。

A: ¿Dónde estás? 妳在哪裡？

B: Yo estoy en el parque. 我在公園。

5. Vivir
住

5.1. Escucha y repite. MP3-054

¡A aprender! 西語句型，一用就會！

Yo vivo en el barrio La Paz. 我住 La Paz 區。

la ciudad de Buenos Aires	布宜諾斯艾利斯市
la ciudad de Panamá	巴拿馬市

Mi amiga vive en el cuarto piso. 我的朋友住在四樓。

小提醒 請搭配 Lección 3 3.1. 的單字，說出更多西班牙語句子。

Yo vivo en aquel edificio. 我住在那棟建築物。

este piso	這間公寓	este apartamento	這間公寓
esta casa	這個房子		

5.2. Lee y recuerda.

¡A entender la gramática! 西語文法，一學就懂！

Pronombres demostrativos 指示代名詞

	陽性		陰性	
	單數	複數	單數	複數
這個（近處）	este	estos	esta	estas
那個（遠處）	ese	esos	esa	esas
那個（很遠處）	aquel	aquellos	aquella	aquellas

用法：

（1）西班牙語的指示代名詞共有三個，分別是離說話者較近的「este」（這個）、離說話者較遠的「ese」（那個）、離說話者很遠的「aquel」（那個）。

（2）指示代名詞必須跟名詞的陽性或陰性、單數或複數，保持一致。
例句：「Yo vivo en **aquel** edificio.」（我住在那棟建築物。）

5.3. Escucha y lee. MP3-055

¡A practicar! 西語口語，一說就通！

A: ¿Dónde vives? 妳住在哪裡？

B: Yo vivo en el barrio Palacio. 我住在 Palacio 區。

A: ¿En qué calle vives? 妳住在哪一條街？

B: Yo vivo en la calle Ángel. 我住在 Ángel 街。

A: ¿En qué número vives? 妳住在幾號？

B: Yo vivo en el número cuatro. 我住在四號。

A: ¿En qué piso vives? 妳住在哪一層樓？

B: Yo vivo en el tercer piso. 我住在三樓。

A: ¿Con quién vives? 妳跟誰住？

B: Yo vivo con mi compañera de universidad. 我跟我的大學同學一起住。

6. Secciones de la casa
房子的各部分

6.1. Escucha y repite. MP3-056

Yo estoy en el dormitorio. 我在臥室。

el salón / la sala	客廳	el jardín	花園
el estudio	書房	el garaje	車庫
la cocina	廚房	el baño	廁所、浴室
el comedor	飯廳、食堂	la terraza	陽台、露臺

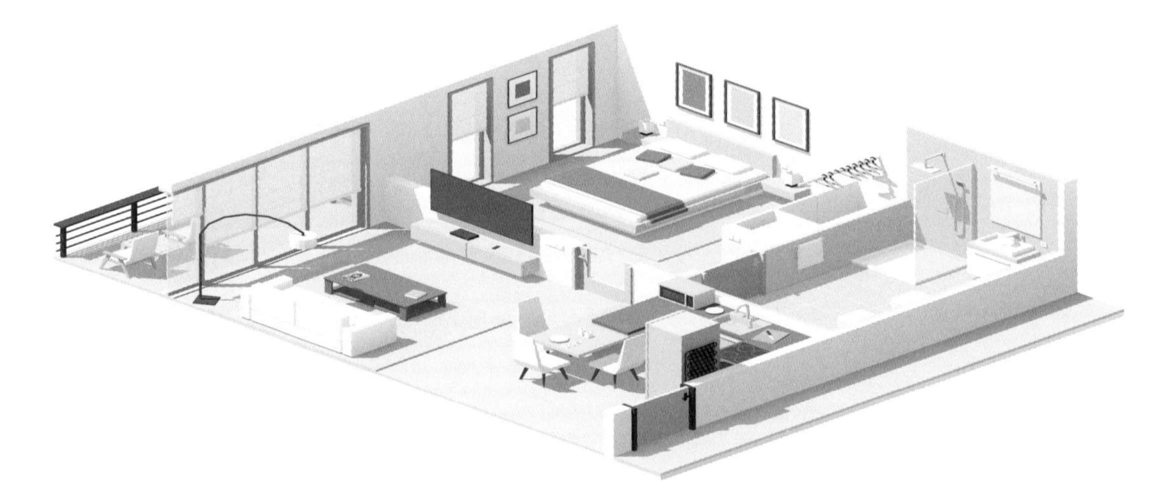

6.2. Practica con tu compañero.

1. ¿Dónde estás?
3. ¿Qué haces en el estudio?
2. Yo estoy en el estudio.
4. Yo estudio francés.

7. En la inmobiliaria
在房地產公司

7.1. Lee este anuncio.

SERVICIOS INMOBILIARES HOGAR FELIZ

Alquila

Precioso piso en el barrio Estrella. Tres dormitorios con armarios, dos baños, un salón, un comedor, una cocina con electrodomésticos, un balcón y un estudio. Con ascensor, piscina, gimnasio y seguridad las 24 horas. Bien comunicado. Disponibilidad inmediata.
Admite estancia desde seis meses. Telf. 91-333-1221

小提醒 「armario」（衣櫃）、「electrodoméstico」（電器）、「balcón」（陽台）、「ascensor」（電梯）、「piscina」（游泳池）、「seguridad」（保全）、「bien comunicado」（交通方便）、「admite」（允許）。

7.2. Escucha y lee. MP3-057

¡A practicar! 西語口語，一說就通！

A: Deseo información sobre este piso. 我想要這間公寓的相關資訊。

B: Vale. El piso está en La Latina. 好的。這間公寓位在 La Latina。

A: ¿Cómo es el piso? 公寓是怎樣的格局？

B: El piso es grande. Tiene un dormitorio, 公寓很大。有一間房間、
un baño, una cocina pequeña, un salón, 一間廁所、一間小廚房、一間客廳、
un comedor y una terraza. 一間飯廳以及一座陽台。

A: ¿Cuánto cuesta el alquiler? 租金多少錢？

B: Mil euros por mes. 一個月 1000 歐元。

A: ¿Puedo ver el apartamento? 我可以看公寓嗎？

B: Por supuesto. ¡Vamos! 當然。我們走吧！

8. Ver
看

8.1. Escucha y repite. MP3-058

¡A aprender! 西語句型，一用就會！

Yo veo la televisión en el salón. 我在客廳看電視。

un documental	一部紀錄片	las noticias	新聞
una película	一部電影	los dibujos animados	卡通

Yo veo una película de terror. 我看一部恐怖電影。

de aventuras	冒險	de ciencia ficción	科幻
de acción	動作	de artes marciales	功夫

8.2. Escucha y lee. MP3-059

¡A practicar! 西語口語，一說就通！

A: ¿Qué haces? 妳在做什麼？

B: Yo veo la televisión. 我看電視。

A: ¿Qué tipo de programa ves? 妳看哪種類型的節目？

B: Yo veo un programa sobre España. 我看一個關於西班牙的節目。

A: ¿Con quién ves el programa? 妳跟誰看節目？

B: Yo veo el programa con mi papá. 我跟我的爸爸看節目。

A: ¿Por qué ves ese programa? 為什麼妳看那個節目？

B: Yo pienso que es muy interesante. 我認為那個節目非常有趣。

9. En el piso
在公寓裡

9.1. Escucha y repite. MP3-060

¡A practicar! 西語口語，一說就通！

B: Este es el apartamento. Como ve, está cerca del centro. Pase adelante.

就是這棟公寓。如您所見，它靠近市中心。請進。

A: Gracias. 謝謝。

B: Este es el salón, ese es el comedor y aquel es el estudio.

這是客廳，那是飯廳，而那裡是書房。

A: Es bastante grande. ¿Y el dormitorio? 相當大。還有，臥室呢？

B: Este es el dormitorio. Tiene un pequeño balcón.

這是臥室。它有一個小陽台。

A: Es muy luminoso. 非常明亮。

B: El baño está al lado del estudio. 浴室在書房旁邊。

¿Qué le parece el piso? 您覺得公寓如何？

A: Hermoso. 很漂亮。

10. ¿Tú o usted?
你或您？

10.1. Lee y recuerda.

¡A entender la gramática! 西語文法，一學就懂！

西班牙語有兩種第二人稱，分別是「tú」（你 / 妳）和「usted」（您）：

（1）「**tú**」（你 / 妳）：跟家人、朋友、同學、比自已年紀輕的人交談時使用。

（2）「**usted**」（您）：跟陌生人、長官或長輩交談時使用。

然而，當您到中美洲、阿根廷、烏拉圭和巴拉圭旅行時，您也會聽到「**vos**」（你 / 妳）的第二人稱說法。

10.2. Escucha y practica. MP3-061

¡A practicar! 西語口語，一說就通！

A: Buenos días. B: Buenos días.

A: ¿Cómo está? B: Bien. ¿Y usted?

A: Bien. ¿Cómo se llama? B: Me llamo Teresa Wang.

A: ¿De dónde es? B: Soy taiwanesa, de Hualien.

A: ¿A qué se dedica? B: Soy estudiante pero también tengo un trabajo de medio tiempo.

A: ¿Qué estudia? B: Yo estudio Finanzas.

A: ¿Dónde trabaja? B: Trabajo en una tienda.

A: ¿Qué lenguas habla? B: Yo hablo chino y español.

A: ¿Dónde vive? B: Yo vivo en el barrio Embajadores.

A: ¿Cuántos años tiene? B: Yo tengo veintitrés años.

A: ¿Cuál es su estado civil? B: Yo estoy soltera.

A: Mucho gusto. B: Encantada.

A: Esto es todo. Muchas gracias. B: De nada.

¡Vamos a escribir!
一起來寫西語吧！

Completa el formulario.

☀ SERVICIOS INMOBILIARES EL SOL ☀

DATOS PERSONALES

Nombre y apellidos: ____

Nacionalidad: ______________ Sexo: ________ Fecha de nacimiento: ______

Dirección: ____

Teléfono: ______________________ Correo electrónico: ______________

Desea: ☐ casa ☐ apartamento ☐ habitación

Tipo: ☐ pequeño ☐ mediano ☐ grande ☐ con muebles ☐ sin muebles

Con: _____habitaciones ______baño

☐ cocina ☐ comedor ☐ salón ☐ estudio ☐ terraza ☐ garaje ☐ ascensor

Precio: desde ____________ euros hasta ______________ euros.

Barrio: ____

Firma y fecha: __________________ Agente: ________________

Hecho por: ____

¡Vamos a conversar!
一起來說西語吧！

1. Solicitar información sobre la entrevista de trabajo 詢問求職面試資訊

A: Buenos días, Compañía AMIGO. Dígame.

B: Disculpe, mi nombre es Jorge Huang y tengo una entrevista de trabajo para el puesto de asistente de gerente. ¿Puedo hacerle unas preguntas?

A: Sí, claro.

B: ¿Cuándo es la entrevista?

A: La próxima semana.

B: ¿Dónde es la entrevista?

A: En nuestras oficinas. ¿Tiene la dirección?

B: Sí, gracias. Y, ¿en qué piso es la entrevista?

A: En el quinto piso, salón A.

B: Vale. Muchas gracias.

A: De nada. Hasta luego.

2. En la entrevista de trabajo 求職面試時 MP3-063

A: Pase adelante. Tome asiento.
B: Gracias.

A: ¿Cómo se llama?
B: Me llamo Jorge Huang.

A: ¿Cuál es su número de teléfono?
B: Mi número es 0981765432.

A: ¿Cuál es su correo electrónico?
B: Es jorge@hola.com.

A: ¿A qué se dedica?
B: Soy estudiante, pero también trabajo.

A: ¿Qué estudia?
B: Yo estudio Administración de Empresas.

A: ¿Dónde trabaja?
B: Yo trabajo en un banco.

A: ¿Trabaja todos los días?
B: No. Yo trabajo los lunes y los jueves.

A: ¿De dónde es usted?
B: Yo soy de Taichung.

A: ¿Vive en Taichung ahora?
B: No. Yo vivo en el barrio Centro. Yo alquilo un apartamento.

A: ¿Cómo es?
B: Es pequeño. Tiene dos habitaciones, un baño, un salón, un comedor y una terraza.

A: Usted habla español muy bien.
B: Gracias. Yo estudio español en la universidad.

A: ¿Por qué estudia español?
B: Pienso que es muy útil.

A: ¿Qué otras lenguas habla?
B: Yo también hablo chino, francés e inglés.

A: ¿Francés? ¿Con quién habla francés?
B: Con unos amigos.

A: ¿Por qué desea trabajar en nuestra compañía?
B: Pienso que es una empresa innovadora, famosa, responsable y líder en el mercado.

A: ¿Tiene experiencia laboral?
B: Sí. Tengo dos años de experiencia como asistente de gerente.

A: Vale. Muchas gracias.
B: Gracias.

6 ¡Cómo es tu familia? 你的家人是怎樣的人？

1. Descripción de personas 描述人物

1.1. Escucha y repite. MP3-064

¡A aprender! 西語句型，一用就會！

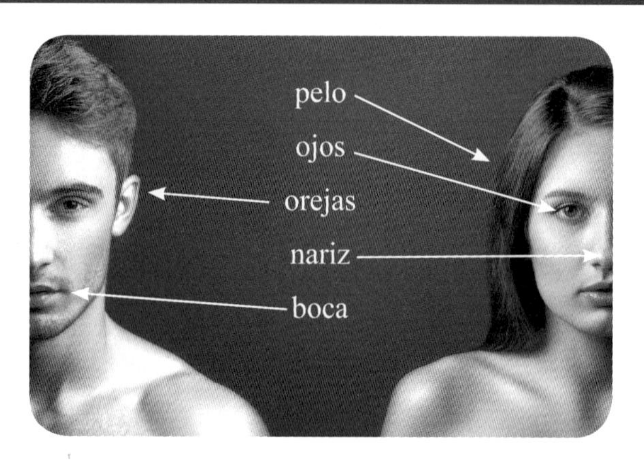

Descripción física 描述外貌

❖ 某人是～的（外貌）。句型：【**ser** ＋ 形容詞】

Yo **soy** joven. 我是年輕的。

gordo / gorda	胖的（男 / 女）	alto / alta	高的（男 / 女）
delgado / delgada	瘦的（男 / 女）	bajo / baja	矮的（男 / 女）
guapo / guapa	帥的（男 / 女）	moreno / morena	黝黑的（男 / 女）
bonito / bonita	漂亮的（男 / 女）	rubio / rubia	金髮的（男 / 女）
feo / fea	醜的（男 / 女）	atractivo / atractiva	有魅力的（男 / 女）
joven	年輕的	calvo / calva	禿頭的（男 / 女）
mayor	老的	fuerte	強壯的

❖ 某人不～也不～（外貌）。句型：【**no** ＋ **ser** ＋ 形容詞 ＋ **ni** ＋ 形容詞】

Él **no es** alto **ni** bajo. 他不高也不矮。

❖ 某人有～的眼睛 / 頭髮 / 鼻子。句型：【**tener** ＋ 名詞 ＋ 形容詞】

Yo **tengo** los ojos marrones. 我有棕色的眼睛。

grandes	大的	oscuros	深色的
pequeños	小的	claros	淺色的

Yo **tengo** el pelo corto. 我有短髮。

largo	長的	negro	黑色的
corto	短的	castaño	栗色的
rizado	捲的	blanco	白色的
liso	直的	rubio	金色的

Yo **tengo** la nariz pequeña. 我鼻子小。

❖ 某人留鬍子 / 戴眼鏡。句型：【**llevar** ＋ 名詞】

Yo **llevo** barba. 我留著落腮鬍。

bigote	八字鬍	gafas	眼鏡

Descripción de la personalidad 描述個性

❖ 某人是～的（個性 / 特質）。句型：【**ser** ＋ 形容詞】

Yo **soy** tímido. 我是害羞的。

inteligente	聰明的（男 / 女）	trabajador / trabajadora	勤奮的（男 / 女）
tímido / tímida	害羞的（男 / 女）	alegre	開心的
serio / seria	嚴肅的（男 / 女）	nervioso / nerviosa	緊張的（男 / 女）
gracioso / graciosa	風趣的（男 / 女）	sociable	善於社交的
simpático / simpática	親切的（男 / 女）	aburrido / aburrida	無聊的（男 / 女）
antipático / antipática	不親切的（男 / 女）	interesante	有趣的

1.2. Lee y recuerda.

¡A entender la gramática! 西語文法，一學就懂！

Adverbios de cantidad 數量副詞

+		數量 / 程度		-
muy 非常	bastante 相當	un poco 一點點	poco 少	nada 一點也不

1.3. Escucha y lee. MP3-065

¿Cómo es tu amiga?

Yo pienso que mi amiga es muy hermosa. Se llama Isabel. Ella es delgada y un poco baja. Mide 1,65. Es joven. Tiene el pelo largo, liso y negro. Sus ojos son negros y pequeños. Isabel es muy simpática y elegante. Es enfermera y trabaja en un hospital. Creo que tiene 25 años y está soltera.

¿Cómo es tu compañero de universidad?

Yo pienso que mi compañero de universidad es bastante guapo. Su nombre es Cristian. No es alto ni bajo. Él mide 1,70. Tiene el pelo corto y castaño. Lleva barba y bigote. Es un poco tímido. Estudia Política en la Universidad Nacional. Tiene 19 años.

¿Cómo son tus vecinos?

Este es mi vecino Alberto. Él tiene 22 años. Es muy alto. Creo que él mide 1,90. Tiene el pelo corto y negro. Es fuerte y atractivo. Alberto es muy trabajador y sociable. Su hermano, Mario, tiene 12 años. Es delgado y bajo. Tiene el pelo largo y rizado. Es muy serio. Su padre se llama Pedro. Él es médico. Trabaja en una clínica. Es un poco gordo y mayor. Él es muy simpático y gracioso.

1.4. Lee y recuerda.

¡Vamos a viajar! 用西語去旅行！

西班牙人每週工作四十小時，有二種常見的工作時間安排。第一種是上午工作五個小時，下午工作三個小時，中午二點到下午五點為休息時間。另一種是從上午七點半開始工作，一直到下午三點半下班，銀行、政府機關等都採用這種工作時間安排。

1.5. Adivina.

¡A practicar! 西語口語，一說就通！

A: Ella es bastante atractiva. Ella es delgada y joven. Ella no es alta ni baja. Ella es morena. Tiene el pelo largo y rizado. Tiene los ojos marrones. ¿Quién es?

B: Yo sé. Se llama Adela.

1
2
3
4
5
6
7
8
9

1.6. Pregunta a tu compañero.

2. Colores
顏色

2.1. Escucha y repite. MP3-066

¡A aprender! 西語句型，一用就會！

A: ¿De qué color es tu abrigo? 你的大衣是什麼顏色？

B: Yo llevo un abrigo rojo. 我穿著一件紅色大衣。

amarillo	黃色	gris	灰色
azul	藍色	naranja	橙色
negro	黑色	violeta	紫色
blanco	白色	verde	綠色
marrón / café	咖啡色	rosa / rosado	粉紅色

小提醒 西班牙語的顏色可當形容詞使用，結尾字母為「o」的顏色單字搭配陰性名詞時，需跟著變化為陰性形容詞，例如：「camisa **negra**」（黑色襯衫）。其他顏色單字則不因名詞的陽性、陰性而有所變化，例如：「falda **verde**」（綠色裙子）「vestido **verde**」（綠色洋裝）。

2.2. Escucha y lee. Practica con tu compañero. MP3-067

¡A aprender! 西語句型，一用就會！

A: ¿Cómo se dice “ 樹 ” en español? B: Árbol.

A: ¿De qué color es? B: Es verde.

（1）	nube 雲		（5）	sol 太陽	
（2）	árbol 樹		（6）	mar 海	
（3）	coco 椰子		（7）	pelo 頭髮	
（4）	gafas de sol 太陽眼鏡		（8）	bikini 比基尼	

3. En la tienda de ropa
在服裝店

3.1. Mira.

llevar 穿戴 / 帶著

poder 能 / 可以

desear 想要

3.2. Lee y recuerda.

¡A aprender! 西語句型，一用就會！

Presente de indicativo: verbos regulares 陳述式現在時：規則動詞

	llevar	desear	poder（不規則動詞）
yo	llevo	deseo	puedo
tú	llevas	deseas	puedes
él / ella / usted	lleva	desea	puede

4. Llevar
穿戴 / 帶著

4.1. Escucha y repite. MP3-068

¡A aprender! 西語句型，一用就會！

A: ¿Qué ropa llevas? 妳穿什麼衣服？

B: Yo llevo una camisa roja y unos pantalones negros. 我穿一件紅色襯衫和一件黑色褲子。

una camiseta	一件 T 恤	un traje	一件西裝
unos vaqueros	一件牛仔褲	un abrigo	一件大衣
una falda	一件裙子	una blusa	一件女士襯衫
un vestido	一件洋裝	una bufanda	一件圍巾

A: ¿Qué llevas en tu mochila? 妳在妳的背包裡帶著什麼？

B: Yo llevo el ordenador portátil en mi mochila. 我在我的背包裡帶著手提電腦。

小提醒 請搭配 Lección 1 5.6. 和 Lección 4 6.2. 的單字，說出更多西班牙語句子。

4.2. Escucha y lee. MP3-069

¡A practicar! 西語口語，一說就通！

A: ¿Dónde estás? 妳在哪裡？

B: Estoy en la tienda de ropa. 我在服裝店裡。

A: ¿Qué ropa llevas? 妳穿什麼衣服？

B: Yo llevo una chaqueta gris, una camiseta blanca y unos vaqueros.
我穿著一件灰色夾克、一件白 T 恤和一件牛仔褲。

Tengo dos pantalones cortos en mi mano.
我手裡有兩條短褲。

Y tú, ¿dónde estás?
你呢，你在哪裡？

A: ¡Ja ja! Yo estoy detrás de ti. 哈哈！我在妳後面。

4.3. Lee y recuerda.

¡A entender la gramática! 西語文法，一學就懂！

Yo estoy detrás de ti. 我在你後面。

de mí	de nosotros / de nosotras
de ti	de vosotros / de vosotras
de él / de ella / de usted	de ellos / de ellas / de ustedes

4.4. Adivina.

Adivina, ¿qué ropa llevo?
Una blusa blanca y …

5. Poder
能 / 可以

5.1. Escucha y repite. MP3-070

¡A aprender! 西語句型，一用就會！

Lo siento, no puedo ir a la fiesta de cumpleaños. 對不起，我不能去生日派對。

estudiar contigo esta noche	今晚和你一起念書
usar el móvil	使用手機

No te preocupes. Tú puedes ver la película en mi casa. 別擔心。你可以在我家看電影。

vivir	住	estudiar	念書
nadar	游泳		

Usted no puede <u>fumar</u> aquí. 您不能在這裡<u>抽菸</u>。

hablar	講話	llevar ese tipo de ropa	穿那種衣服

Permiso y favores 表達許可與協助

★ A: ¿Puedo hablar contigo un momento? 我可以和妳說一下話嗎？
B: Sí, claro. 是的，當然可以。

★ A: ¿Puedo ver la televisión? 我可以看電視嗎？
B: No. Lo siento. 不可以。抱歉。

★ A: ¿Puedes escribir el reporte hoy? 妳今天可以寫報告嗎？
B: Estoy un poco ocupada. ¿Qué te parece mañana? 我有一點忙。你覺得明天如何？

★ A: ¿Puedes trabajar este fin de semana? 妳這個週末可以上班嗎？
B: Sí, claro. 是的，當然可以。

5.2. Escucha y lee. MP3-071

¡A practicar! 西語口語，一說就通！

A: ¡Vamos a ver una película! 我們去看電影吧！

B: Lo siento, no puedo. 對不起，我不能去。

A: ¿Por qué? 為什麼？

B: Tengo clases de español. 我有西班牙語課。

6. Desear
想要

6.1. Escucha y repite. MP3-072

¡A aprender! 西語句型，一用就會！

Yo deseo un sombrero azul. 我想要一頂藍色帽子。

una gorra	一頂鴨舌帽	unas zapatillas / tenis	一雙運動鞋
unos calcetines	一些襪子	un chándal	一件運動服

小提醒 請搭配 Lección 3 5.1. 和 Lección 4 6.2. 的單字，說出更多西班牙語句子。

Yo deseo trabajar en una compañía multinacional. 我想要在一家跨國公司工作。

hablar muchas lenguas	說很多種語言
estudiar una maestría en España	在西班牙念一個碩士學位

6.2. Escucha y repite. MP3-073

¡A practicar! 西語口語，一說就通！

A: Señorita, bienvenida. 小姐，歡迎光臨。
¿Le puedo ayudar? 有什麼需要幫忙的嗎？

B: Sí. Deseo una blusa. 是的。我想要一件女士襯衫。

A: ¿Qué talla desea? 您想要哪種尺寸？

B: Grande, por favor. 請給我大號。

A: ¿Qué le parece esta? 您覺得這件如何？

B: Muy bonita. / ¿Tiene otro modelo?
非常漂亮。/ 有其他款式嗎？

A: ¿Qué color desea? 您想要什麼顏色？

B: Blanca. 白色。
¿Dónde puedo probármela?
我可以在那裡試穿它呢？

A: Por favor, sígame. 請跟我來。

7. La familia
家庭

7.1. Escucha y repite. MP3-074

¡A aprender! 西語句型，一用就會！

★ Te presento a mi papá. 為你介紹我的爸爸。

★ Te presento a mi mamá. 為你介紹我的媽媽。

padre / madre	爸爸 / 媽媽	tío / tía	叔叔（舅舅）/ 姑姑（阿姨）
abuelo / abuela	爺爺（外公）/ 奶奶（外婆）	primo / prima	堂（表）兄弟 / 堂（表）姊妹
esposo / esposa	先生 / 太太	cuñado / cuñada	姊夫（妹夫）/ 大嫂（弟妹）
marido / mujer	先生 / 太太	yerno / nuera	女婿 / 媳婦
hijo / hija	兒子 / 女兒	nieto / nieta	孫子 / 孫女
hermano / hermana	兄弟 / 姊妹	sobrino / sobrina	姪子 / 姪女

7.2. Escucha y lee. Practica con tu compañero. MP3-075

¡A practicar! 西語口語，一說就通！

A: ¿Cómo se dice “ 爺爺 ” en español?

B: Abuelo. Es tu turno. ¿Cómo se dice “ 孫女 ” en español?

A: Nieta.

7.3. Practica con tu compañero.

¿Quién es el hijo de mi hijo?

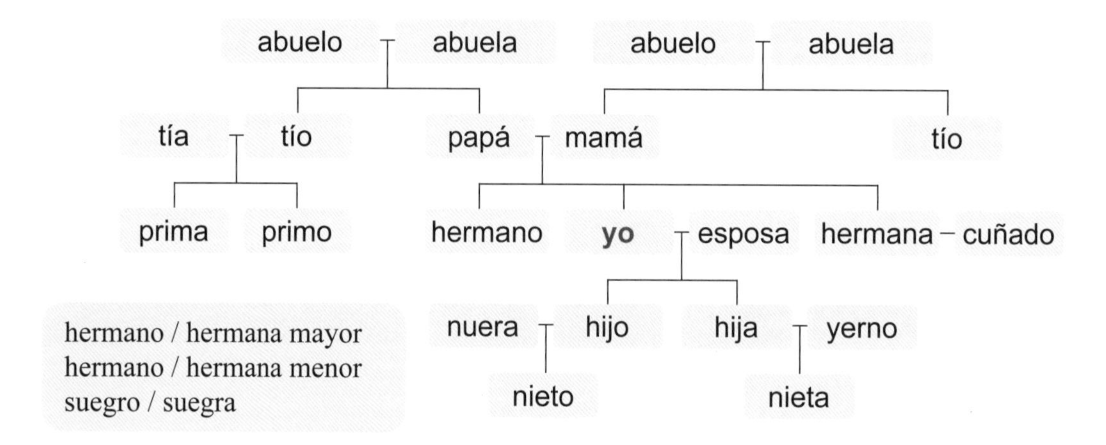

7.4. Lee el correo electrónico.

Mensaje nuevo		
Para: carlos@impresora.com	CC	CCO
Asunto: Mi vida en España		

Querido Carlos. ¿Cómo estás?

Estoy en España. Vivo en la casa de mi compañero de universidad. Él se llama Ricardo. Es alto y delgado. Además, es simpático y muy trabajador.

Adjunto te remito una foto de su familia. Su padre es ingeniero. Él es bastante alegre y gracioso. Pero, lo más importante es que ¡él habla chino! Su madre es funcionaria. Trabaja en el Ministerio de Relaciones Exteriores. Ella es muy elegante. Su hermana menor se llama Rosa. Ella estudia Psicología en la universidad. Es un poco tímida pero muy inteligente. Ella desea estudiar una maestría en Francia.

Durante estos días pienso hacer muchas cosas. Por ejemplo: estudiar español en una academia, trabajar en la Biblioteca Nacional, hablar con los nativos y comer tapas.

Y tú, ¿cómo estás?

Un Beso.

Rosi.

7.5. Lee y recuerda.

¡Vamos a viajar! 用西語去旅行！

西班牙語有一些使用顏色的有趣說法，請將下列西班牙語說法和中文意思連起來：

Yo me quedé en **blanco**. •	• 他是我的白馬王子。
Él es un viejo **verde**. •	• 我大腦一片空白。
Tú eres mi media **naranja**. •	• 你是我的另一半。
Me pongo **rojo** cuando hablo español. •	• 他是一個色老頭。
Él es mi príncipe **azul**. •	• 當我說西班牙語時，我會害羞。

8. ¡Viva San Fermín
奔牛節萬歲！

8.1. Lee y recuerda.

¡Vamos a viajar! 用西語去旅行！

Las fiestas de Sanfermin（奔牛節）是為了紀念西班牙北部 Pamplona（潘普洛納）的守護神 San Fermín（聖費明），固定在 7 月 6 日到 14 日舉辦為期一週的宗教活動。這項活動最早可追溯至西元 1591 年。

每年 7 月 6 日中午 12 點，在當地市政府廣場點燃盛大的 chupinazo（沖天炮）宣告一年一度的奔牛節正式開始。當地居民及各國蜂擁到來的觀光客，將市政府廣場擠得水洩不通，眾人一起高聲喊著：「¡Viva San Fermín !」，展開一系列熱鬧刺激的活動。

節慶期間每天早上 8 點舉行最著名的 el encierro（奔牛活動）。由公牛和數以千計的群眾，從牛欄沿著總長約九百公尺的街道，奔向鬥牛場。其他民眾會站在街道兩旁的窗戶或陽台，觀賞這場熱血奔騰的活動。

同時，數以千計的群眾購票進入鬥牛場看台區等待，觀賞從場外一路奔入鬥牛場的公牛和民眾，繼續在場中央進行奔牛活動。下午，您可以繼續購票參加在鬥牛場舉辦的 las corridas（鬥牛）活動。

節慶進行到 7 月 14 日，人們會聚集在一起高唱歌曲：「Pobre de mí」（可憐的我），象徵一年一度的奔牛節正式結束。歌詞寫著：「Pobre de mí, pobre de mí, que se han acabado las fiestas de San Fermín.」（可憐的我，可憐的我，因為聖費明慶典已經結束。）

您說，是不是非常有趣呢？

¡Vamos a escribir!
一起來寫西語吧！

1. Describe a una persona.

2. Escribe una carta para tu amigo.

Hecho por: ______________________

¡Vamos a conversar!
一起來說西語吧！

Mi familia 我的家庭 MP3-076

A: Esta es una foto de mi familia.

B: ¿En tu cumpleaños?

A: Sí. Este es mi padre. Él es oficinista. Trabaja en una empresa de exportación.

B: Es bastante alto.

A: Sí. Él mide 1,80. Esta es mi madre. Ella es abogada.

B: Es muy elegante y atractiva. ¿Cuántos hermanos tienes?

A: Dos. Un hermano mayor y una hermana menor. ¿Y tú?

B: No tengo hermanos. Soy hija única.

A: Mira, él es mi hermano mayor. Está soltero. También habla un poco de español.

B: ¿De verdad?

A: Sí. Él estudia español en un centro de idiomas todos los lunes, martes y viernes.

B: Muy bien. Él es muy guapo.

A: Esta es mi hermana menor. Está casada y tiene un hijo.

B: ¿Quién es este niño?

A: Pues mi sobrino. Se llama Antonio y tiene cuatro años.

小提醒 「mayor」（大的 / 年長的）、「menor」（小的 / 年幼的）、「hijo(a) único(a)」（獨生子 / 獨生女）。

7 En la Universidad 在大學裡

1. ¿Qué hay en tu aula? 你的教室裡有什麼？

1.1. Escucha y repite. MP3-077

¡A aprender! 西語句型，一用就會！

En el aula hay una pizarra. 教室裡有一張黑板。

una puerta	一道門	un altavoz	一個喇叭
una estantería	一個書架	una ventana	一扇窗
un mapa	一張地圖	un proyector	一台投影機
una pantalla	一片投影布幕	una papelera	一個垃圾桶
una televisión	一台電視	un reloj	一個時鐘 / 手錶

小提醒 請搭配 Lección 3 5.1. 的單字，說出更多西班牙語句子。

1.2. Lee y recuerda.

¡A entender la gramática! 西語文法，一學就懂！

Verbo Haber 動詞「Haber」（有）

用法：表達人物、事物、動物或現象的存在或存有。

❖有……。句型：【**hay** ＋ un / una ＋ 單數可數名詞】

例句：「En el aula **hay un** reloj.」（教室裡有個時鐘。）

「En el salón **hay una** mesa.」（客廳裡有一張桌子。）

❖有一些……。句型：【**hay** ＋ unos / unas ＋ 複數可數名詞】

例句：「En mi habitación **hay unas** camisas.」（我的房間裡有一些襯衫。）

「En el estudio **hay unos** libros.」（書房裡有一些書。）

❖有……。句型：【**hay** ＋ 數量 ＋ 複數可數名詞】

例句：「En el comedor **hay cuatro** sillas.」（飯廳裡有四把椅子。）

「En la compañía **hay tres** abogados.」（公司裡有三名律師。）

❖有很多……。句型：【**hay** ＋ muchos / muchas ＋ 複數可數名詞】

例句：「En la tienda **hay muchos** dependientes.」（商店裡有很多店員。）

「En la universidad **hay muchas** profesoras.」（大學裡有很多女教授。）

❖有很少……。句型：【**hay** ＋ pocos / pocas ＋ 複數可數名詞】

例句：「En el jardín **hay pocos** árboles.」（花園裡有很少樹。）

「En la clínica **hay pocas** enfermeras.」（診所裡有很少護士。）

Adverbios de cantidad 數量副詞

（1）用來表達數量，放在名詞之前，必須跟該名詞的陽性、陰性與單數、複數，保持一致。

例句：「En el hospital hay **muchos** médicos.」（醫院裡有很多醫生。）

（2）表示動作的進展程度，直接用來修飾動詞，不需做任何變化。

例句：「Felipe come **demasiado**.」（Felipe 吃得太多。）

少
poco / pocos
poca / pocas
很多
bastante
bastantes
相當多
mucho
muchos
mucha
muchas
太多
demasiado
demasiada
demasiados
demasiadas

1.3. En parejas.

A: ¿Qué hay en el aula? (número 2) 教室裡有什麼？（2 號）

B: En el aula hay un mapa. 教室裡有一張地圖。

2. ¿Dónde está la televisión?
電視在哪裡？

2.1. Escucha y repite. MP3-078

¡A aprender! 西語句型，一用就會！

La televisión está al lado de la pizarra. 電視在黑板旁邊。

delante de	在……前面	encima de / sobre	在……上面
detrás de	在……後面	debajo de	在……下面
a la izquierda de	在……左邊	cerca de	在……附近
a la derecha de	在……右邊	lejos de	在……遠處

en	在……裡面	enfrente de	在……對面
dentro de	在……之內	alrededor de	在……周圍
fuera de	在……之外	entre A y B	在 A 和 B 之間

小提醒 上述二個表格中的單字都是「adverbios de lugar」（地方副詞），請搭配 Lección 5 4.1. 的動詞「Estar」（是 / 在），說出更多西班牙語句子。

2.2. Escucha y lee. MP3-079

¡A practicar! 西語口語，一說就通！

A: ¿Dónde está el mapa? 地圖在哪裡？

B: El mapa está a la izquierda de la puerta. Es tu turno. 地圖在門的左邊。換你了。

¿Dónde está la televisión? 電視在哪裡？

A: La televisión está a la derecha de la pizarra. 電視在黑板的右邊。

2.3. Practica con tu compañero. MP3-080

A: ¿Qué hay en la oficina?

B: En la oficina hay un calendario.

A: ¿Dónde está el calendario?

B: El calendario está a la derecha del monitor.

A: ¿Cuántos bolígrafos hay en la oficina?

B: En la oficina hay un bolígrafo.

A: ¿Cuántas sillas hay en la oficina?

B: En la oficina hay una silla.

3. En la universidad
在大學裡

3.1. Mira.

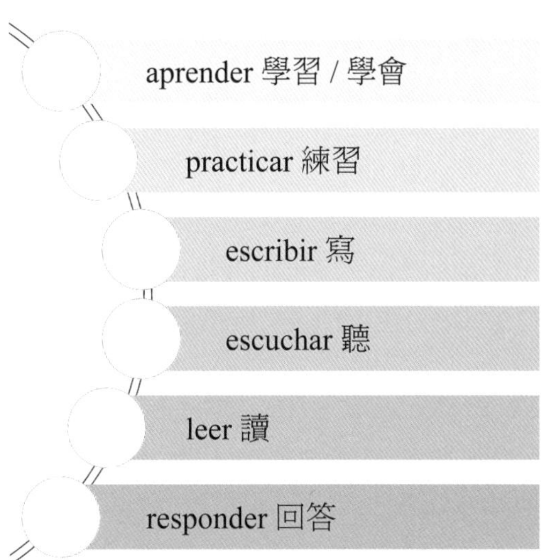

aprender 學習 / 學會
practicar 練習
escribir 寫
escuchar 聽
leer 讀
responder 回答

3.2. Lee y recuerda.

¡A entender la gramática! 西語文法，一學就懂！

Presente de indicativo: verbos regulares 陳述式現在時：規則動詞

	escuchar	practicar	aprender	leer
yo	escucho	practico	aprendo	leo
tú	escuchas	practicas	aprendes	lees
él / ella / usted	escucha	practica	aprende	lee

	responder	escribir	cantar	viajar
yo	respondo	escribo	canto	viajo
tú	respondes	escribes	cantas	viajas
él / ella / usted	responde	escribe	canta	viaja

4. Aprender
學習 / 學會

4.1. Escucha y repite. MP3-081

¡A aprender! 西語句型，一用就會！

Yo aprendo algunas palabras útiles en español. 我學習西班牙語一些有用的單字。

algunas frases importantes	一些重要的片語
vocabulario nuevo	新詞彙

Yo aprendo español para hablar con mis amigos.

我學習西班牙語是為了和我的朋友們交談。

cantar canciones en español	唱西班牙語歌
viajar por Hispanoamérica	到西班牙語美洲旅行
leer libros en español	閱讀西班牙語書籍
ver películas españolas	看西班牙電影

4.2. Escucha y lee. MP3-082

¡A practicar! 西語口語，一說就通！

A: ¿Qué lengua aprendes?

B: Yo aprendo español.

A: ¿Por qué aprendes español?

B: Para viajar por Hispanoamérica.

A: ¿Dónde aprendes español?

B: Yo aprendo español en la universidad.

A: ¿Cuándo aprendes español?

B: Yo aprendo español todos los miércoles.

5. Practicar
練習

5.1. Escucha y repite. MP3-083

¡A aprender! 西語句型，一用就會！

Yo practico inglés con mis amigos todos los días. 我每天和我的朋友們練習英語。

Expresiones de frecuencia 表達頻率

todas las semanas	每週	todo el día	整天
todos los meses	每個月	toda la mañana	整個早上
todos los años	每年	toda la tarde	整個下午
todos los veranos	每個夏天	toda la noche	整個晚上
todos los lunes	每個星期一		

5.2. Escucha y lee. MP3-084

¡A practicar! 西語口語，一說就通！

A: ¿Qué lenguas hablas?

B: Yo hablo chino, inglés y español.

A: ¿Cuándo practicas español?

B: Yo practico español todos los martes.

A: ¿Con quién practicas español?

B: Yo practico español con mi compañero de oficina.

A: ¿Por qué practicas con él?

B: Porque él es de Perú.

6. Escribir

6.1. Escucha y repite.  MP3-085

¡A aprender! 西語句型，一用就會！

Yo escribo un artículo. 我寫一篇文章。

una carta	一封信	un mensaje	一則留言 / 簡訊
una canción	一首歌曲	un documento	一份文件
un diario	一篇日記	un reporte	一份報告
la tarea	一份功課	un correo electrónico	一封電子郵件

6.2. Escucha y lee.  MP3-086

¡A practicar! 西語口語，一說就通！

A: ¿Qué haces?

B: Yo escribo una carta.

A: ¿Para quién escribes la carta?

B: Yo escribo la carta para mi amigo.

A: ¿Escribes en español?

B: Sí, claro.

A: ¿Cuántas cartas en español escribes?

B: Yo escribo unas quince cartas.

A: ¡Quince cartas!

B: Sí, es que yo tengo muchos amigos en Hispanoamérica.

A: ¿Qué cosas escribes?

B: Yo escribo sobre mi vida en la universidad.

小提醒 「unos / unas」（大約、一些）、「sobre」（關於）。

7. Escuchar
聽

7.1. Escucha y repite.  MP3-087

¡A aprender! 西語句型，一用就會！

Yo escucho música en mi habitación. 我在我的房間裡聽音樂。

las noticias	新聞	la canción	歌曲
la conversación	會話	la radio	廣播

Yo escucho a mi profesor. 我聽我的教授說。

小提醒 請搭配 Lección 4 1.1. 和 Lección 6 7.1. 的單字，說出更多西班牙語句子。

7.2. Escucha y lee.  MP3-088

¡A practicar! 西語口語，一說就通！

A: ¿Qué escuchas?

B: Yo escucho música.

A: ¿Qué tipo de música escuchas?

B: Yo escucho música clásica.

A: ¿Música clásica?

B: Sí. Yo escucho música clásica todas las noches. ¿Y tú?

A: Yo escucho música salsa.

B: ¿Salsa?

A: Sí. Es que yo deseo aprender a bailar salsa.

Tipos de música 音樂類型

flamenco, zarzuela, pop, rock, clásica, ópera, salsa, tango, merengue, cumbia, reguetón, mambo, bolero, vallenato

小提醒 「¿Qué tipo de música escuchas?」（你聽什麼類型的音樂？）。

8. Leer
讀

8.1. Escucha y repite. MP3-089

¡A aprender! 西語句型，一用就會！

Yo leo el periódico todas las mañanas. 我每天早上讀報紙。

el libro de texto	教科書	la postal	明信片
la lección	課程	la carta	信
la revista	雜誌	el documento	文件

8.2. Escucha y lee. MP3-090

¡A practicar! 西語口語，一說就通！

A: ¿Qué lees?

B: Yo leo una revista.

A: ¿Qué tipo de revista lees?

B: Yo leo una revista sobre viajes.

A: ¿Sobre viajes?

B: Sí. Así yo puedo aprender algunas frases y palabras útiles.

9. Responder
回答

9.1. Escucha y repite. MP3-091

¡A aprender! 西語句型，一用就會！

Yo respondo a las preguntas de mi cliente. 我回答我的顧客的問題。

mi jefe	我的老闆	el paciente	病人
mi profesor	我的教授	el invitado	訪客

9.2. Escucha y lee. MP3-092

¡A practicar! 西語口語，一說就通！

A: ¿Deseas ver una película?

B: Lo siento. No puedo.

A: ¿Por qué?

B: Yo tengo que responder unos correos electrónicos.

A: ¿Cuándo respondes los correos electrónicos?

B: Yo respondo los correos electrónicos por las mañanas.

9.3. Lee y recuerda.

¡A entender la gramática! 西語文法，一學就懂！

Preposición 介系詞

想表達時間，可使用下列西班牙語介系詞：

❖ 某個時段。句型：【**por** ＋ 一天的某個時段】

例句：「Yo hago la tarea **por** las noches.」（我晚上做作業。）

❖ 在某月 / 季節 / 年 / 節慶與假期。句型：【**en** ＋ 月份 / 季節 / 年份 / 節慶與假期】

例句：「Yo no trabajo **en** Navidad.」（我聖誕節不上班。）

❖ 整點。句型：【**a** ＋ 時間】

例句：「Yo tengo una reunión **a** las seis.」（我在六點有一個會議。）

❖ 從幾點到幾點。句型：【**desde** ＋ 一個動作或狀態的開始時間 ＋ **hasta** ＋ 一個動作或狀態的結束時間】

例句：「Yo estudio español **desde** las nueve y diez **hasta** las doce.」（我從九點十分到十二點學習西班牙語。）

❖ 從某個時間開始到某個時間結束。句型：【**de** ＋ 一個動作或狀態的開始時間 ＋ **a** ＋ 一個動作或狀態的結束時間】

例句：「Yo estudio **de** lunes **a** viernes.」（我從星期一到星期五讀書。）

10. Mis actividades en la escuela
我在學校的活動

10.1. Lee. ¿Qué haces?

(1) Yo aprendo frases y palabras útiles.

(2) Yo escucho al profesor.

(3) Yo trabajo con mi compañero.

(4) Yo veo un programa sobre España.

(5) Yo hago los ejercicios de gramática.

(6) Yo practico los diálogos con mi amiga.

(7) Yo escribo el vocabulario nuevo en el cuaderno.

(8) Yo respondo a las preguntas del profesor.

(9) Yo leo un artículo sobre la comida peruana.

(10) Yo tengo una reunión con mis compañeros de clase.

10.2. Lee y recuerda.

¡A viajar! 用西語去旅行！

西班牙的義務教育從 6 歲到 16 歲（包含初等與中等教育，共 10 年），教育系統分為：

（1）「educación infantil」幼兒教育，0~6 歲，在「centro infantil」就學。

（2）「educación primaria」初等教育，共 6 年，在「escuela」或「colegio」就學。

（3）「educación secundaria」中等教育，共 4 年，在「instituto」就學。

（4）「bachillerato」（高級中學）或「formación profesional」（職業培訓），共 2 年。

Vamos a escribir!
一起來寫西語吧！

1. Haz una oración.

（1）aprender ______________________________

（2）practicar ______________________________

（3）escribir ______________________________

（4）escuchar ______________________________

（5）leer ______________________________

（6）responder ______________________________

（7）hay ______________________________

2. Responde.

（1）¿Qué hay en tu aula? ______________________________

（2）¿Dónde está la televisión? ______________________________

（3）¿Con quién practicas español? ______________________________

（4）¿Qué escribes? ______________________________

（5）¿Qué tipo de música escuchas? ______________________________

（6）¿Dónde lees el artículo? ______________________________

（7）¿Quién responde los mensajes en tu oficina? ______________________________

Hecho por: ______________________________

¡Vamos a conversar!
一起來說西語吧！

Mi trabajo 我的工作 MP3-093

A: ¡Cuánto tiempo sin verte! ¿Cómo estás?

B: Muy bien. ¿Y tú?

A: Bien. Dime, ¿a qué te dedicas?

B: Yo soy gerenta.

A: ¿Dónde trabajas?

B: Trabajo en una fábrica.

A: ¿Qué tal el trabajo?

B: Yo llevo una vida muy ocupada. Tengo que escribir muchos reportes, hablar con mis asistentes, escuchar las opiniones de los clientes, leer las noticias sobre la tendencia del mercado, responder los correos y hacer presentaciones todas las semanas. ¿Y tú?

A: Pues, yo soy asistente del ingeniero. Yo tengo que leer los comentarios de los ingenieros, escribir unos reportes y responder a las cartas de los clientes.

B: Disculpa, ¿qué hora es?

A: Son las cuatro y cuarto.

B: ¡Uy! Hablamos luego. ¿Vale? Tengo una reunión con mi secretaria a las cinco.

小提醒 「tendencia del mercado」（市場趨勢）。

8 Mi rutina por las mañanas
我的上午例行公事

1. ¿Qué hora es?
現在幾點鐘？

1.1. Mira.

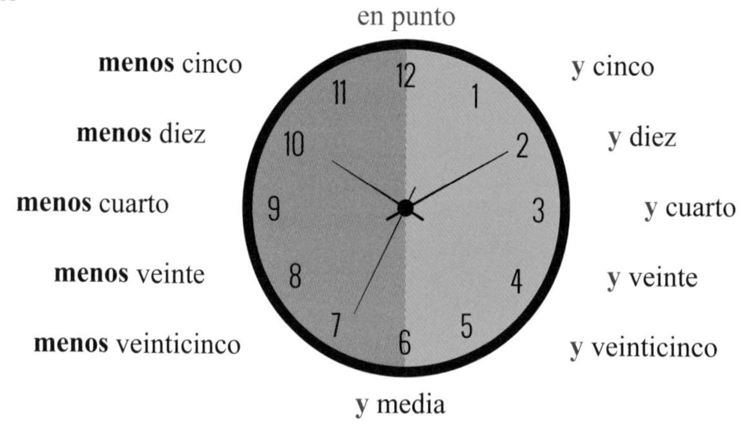

1.2. Escucha y repite. MP3-094

¡A aprender! 西語句型，一用就會！

❖表達一點和一點幾分的時刻。句型：【**Es** + la + 時間】

1:00 *a. m.* **Es** la **una** de la madrugada.

1:20 *p. m.* **Es** la **una** y veinte de la tarde.

❖表達一點之外的時刻。句型：【**Son** + las + 時間】

9:10 *a. m.* **Son** las nueve **y** diez de la mañana.

3:30 *p. m.* **Son** las tres **y** media de la tarde.

12:00 *m.* **Son** las doce **del** mediodía. / **Son** las doce del día.

8:45 *p. m.* **Son** las nueve **menos** cuarto de la noche.

10:00 *p. m.* **Son** las diez **en punto**.

小提醒　「es la una」用來表達一點鐘，從二點到十二點都使用「son + las + 時間」。

1.3. Lee y recuerda.

¡Vamos a viajar! 用西語去旅行！

（1）有些西語系國家使用「para」代替「menos」來表達時間，例如：「9:45」➡「un cuarto **para** las diez」或「diez **menos** cuarto」，這二種時間表達方式都通用。

（2）「*a. m.*」、「*p. m.*」、「*m.*」分別源自拉丁文。「*a. m.*」（上午）的拉丁文為「ante merídiem」，西班牙語為「antes del mediodía」；「*p. m.*」（下午）的拉丁文為「post merídiem」，西班牙語為「después del mediodía」；以及「*m.*」（中午）的拉丁文為「meridies」，西班牙語為「mediodía」。

（3）有二種時間的數字表示法：「8:25」或「8.25」，在西語系國家二者都通用。

（4）「h」、「min」、「s」分別是下列時間單位的縮寫：「hora」（小時）、「minutos」（分鐘）、「segundos」（秒）。例如：「18 **h** 29 **min** 15 **s**」（18 時 29 分 15s）。

1.4. Responde. ¿Qué hora es?

8:25 am ______________________________

6:00 am ______________________________

3:40 pm ______________________________

4:15 am ______________________________

1:15 am ______________________________

9:18 pm ______________________________

10:11 pm ______________________________

2:24 pm ______________________________

2. El horario comercial
營業時間

2.1. Escucha y lee. MP3-095

¡A aprender! 西語句型，一學就會！

El **mercado** está abiert**o** **por** la mañana. 市場在早上開放。

La **oficina de correos** está abiert**a** **de** 8:30 **a** 14:30. 郵局從上午八點半營業到下午二點半。

El **teatro** está abiert**o** **a** mediodía. 劇院在中午開放。

La **estación de metro** está cerrad**a** **a** medianoche. 捷運站在午夜關閉。

La **embajada** está cerrad**a** **de** 14:00 **a** 17:00. 大使館從下午二點到下午五點關閉。

El **ayuntamiento** está cerrad**o** **a** las seis de la tarde. 市政府在下午六點關閉。

2.2. Mira.

MUSEO NACIONAL DEL PRADO
HORARIO
Abierto: De lunes a sábado de 10.00 a 20.00 h
domingos y festivos de 10.00 a 19.00 h
Cerrado: 1 de enero, 1 de mayo, 25 de diciembre
Reducido: 6 de enero, 24 y 31 de diciembre
Gratuito: De lunes a sábado de 18.00 a 20.00 h
domingos y festivos de 17.00 a 19.00 h

2.3. Escucha y repite. MP3-096

¡A aprender! 西語句型，一用就會！

★ A: ¿Cuál es el horario del banco? 銀行的營業時間是幾點到幾點？
B: Es de nueve a tres y media. 營業時間從上午九點到下午三點半。

★ A: ¿A qué hora está abierto el cine? 電影院什麼時間開門？

B: El cine está abierto a las once de la mañana. 電影院上午十一點開門。

★ A: ¿A qué hora está abierta la biblioteca? 圖書館什麼時間開放？

B: La biblioteca está abierta a las ocho de la mañana. 圖書館上午八點開放。

2.4. Lee y recuerda.

¡Vamos a viajar! 用西語去旅行！

在西班牙鄉下或小鎮，商店和超級市場在下午二點到四點或五點之間會休息暫停營業；購物中心或百貨公司週日關門不營業。然而，在大城市，商店、超市、購物中心和百貨公司，通常營業一整天。

在其它西語系國家，商店中午不會休息，營業時間通常是上午九點到晚上七點。

3. Día a día
日復一日

3.1. Mira.

- levantarse 起床
- ducharse 洗澡 / 淋浴
- desayunar 吃早餐
- ir 去 / 將要
- tomar 拿 / 搭 / 喝
- lavarse 洗

1 2 3 4 5 6 7 8 9

3.2. Lee y recuerda.

¡A entender la gramática! 西語文法，一學就懂！

Los verbos reflexivos 反身動詞

主詞	反身代名詞	主詞	反身代名詞
yo	**me**	nosotros / nosotras	**nos**
tú	**te**	vosotros / vosotras	**os**
él / ella / usted	**se**	ellos / ellas / ustedes	**se**

用法：

（1）當一個動作的執行者和接受者都是同一個人時，必須使用西班牙語的反身動詞。

（2）反身代名詞必須放在動詞前面。

例句：「**Me** ducho a las siete de la mañana.」（我在早上七點洗澡。）

（3）否定句的表達方式為在反身代名詞前加上「No」。

例句：「**No** me ducho por las mañanas.」（我早上不洗澡。）

（4）如果一個句子同時使用兩個動詞，反身代名詞要放在第一個動詞前面；或者，可以放在原形動詞的後面，和這個原形動詞寫在一起。

例句：「Yo **me** puedo levantar temprano.」（我可以很早起床。）

「Yo puedo levantar**me** temprano.」（我可以很早起床。）

3.3. Lee y recuerda.

Presente de indicativo: verbos reflexivos 陳述式現在時：反身動詞

	levant**arse**	duch**arse**	lav**arse**
yo	**me** levanto	**me** ducho	**me** lavo
tú	**te** levantas	**te** duchas	**te** lavas
él / ella / usted	**se** levanta	**se** ducha	**se** lava

Presente de indicativo: verbos regulares 陳述式現在時：規則動詞

	desayun**ar**	tom**ar**	**ir** （不規則動詞）
yo	desayun**o**	tom**o**	**voy**
tú	desayun**as**	tom**as**	**vas**
él / ella / usted	desayun**a**	tom**a**	**va**

4. Levantarse
起床

4.1. Escucha y repite. MP3-097

¡A aprender! 西語句型，一用就會！

A: ¿A qué hora te levantas? 妳幾點起床？

B: Yo siempre me levanto a las ocho de la mañana. 我總是早上八點起床。

a las seis y cuarto de la mañana	早上六點十五分
a las siete de lunes a viernes	從星期一到星期五的七點
a las ocho más o menos.	大約八點

4.2. Escucha y lee. MP3-098

¡A practicar! 西語口語，一說就通！

A: Dime, ¿a qué hora te levantas todos los días?

B: Yo siempre me levanto a las siete de la mañana.

A: ¿Por qué?

B: Porque tengo que trabajar a las ocho. Y tú, ¿a qué hora te levantas?

A: Yo a menudo me levanto a las ocho de la mañana.

B: ¿A qué hora tienes clases?

A: Yo tengo clases a las diez.

4.3. Lee y recuerda.

¡A entender la gramática! 西語文法，一學就懂！

Adverbios de frecuencia 頻率副詞

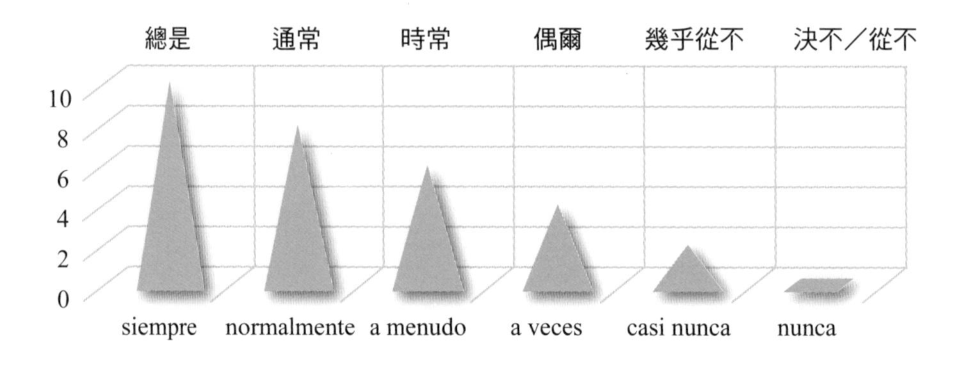

Yo **siempre** estudio por las mañanas. 我總是在早上讀書。

Normalmente, trabajo los fines de semana. 我通常在週末工作。

Yo **a menudo** escribo en mi blog. 我時常在我的部落格上寫文章。

Yo **a veces** escucho música clásica. 我偶爾聽古典音樂。

Yo **casi nunca** veo la televisión. 我幾乎不看電視。

Yo **nunca** llevo pantalones cortos. 我從不穿短褲。

5. Ducharse
洗澡 / 淋浴

5.1. Escucha y repite. MP3-099

¡A aprender! 西語句型，一用就會！

Yo me ducho a las diez de la noche. 我在晚上十點洗澡。

7:30 *a. m.*	las siete y media de la mañana 早上七點半
8:45 *a. m.*	las nueve menos cuarto de la mañana 早上八點四十五分
2:05 *p. m.*	las dos y cinco de la tarde 下午兩點五分
4:15 *p. m.*	las cuatro y cuarto de la tarde 下午四點十五分
9:00 *p. m.*	las nueve de la noche 晚上九點

5.2. Escucha y repite. MP3-100

¡A practicar! 西語口語，一說就通！

A: ¿A qué hora te duchas?

B: Yo me ducho a las nueve y media.

A: ¿Qué haces después de ducharte?

B: Yo veo la televisión.

5.3. Lee y recuerda.

¡A entender la gramática! 西語文法，一學就懂！

❖ 「antes de」（之前），表達做某事之前。句型：【**antes de** + 動詞不定式（原形動詞）】

例句：「Yo hablo con mi jefe **antes de** responder a las preguntas de los clientes.」

（在回答客戶問題之前，我先跟老闆交談。）

❖ 「después de」（之後），表達做某事之後。句型：【**después de** + 動詞不定式（原形動詞）】

例句：「Yo me ducho **después de** leer el reporte.」（我讀完報告後洗澡。）

6. Desayunar
吃早餐

6.1. Escucha y repite. MP3-101

¡A aprender! 西語句型，一用就會！

Yo desayuno unas tostadas y una taza de café caliente.

我早餐吃一些吐司和一杯熱咖啡。

pan con mantequilla	麵包加奶油	cereales	麥片
pan con queso	麵包加起司	una hamburguesa	一個漢堡
pan con tomate	麵包加番茄	unos churros	一些炸西班牙油條

6.2. Lee y recuerda.

¡Vamos a viajar! 用西語去旅行！

大多數西語系國家的人民通常在家吃早餐，而早餐內容在不同國家或地區也不一樣。西班牙人早餐習慣吃「churros con chocolate」（炸西班牙油條配巧克力）、「tostadas con mermelada」（吐司加果醬）、「tostadas con ajo y aceite de oliva」（吐司加大蒜和橄欖油）和「café」（咖啡）。墨西哥人早餐吃「tamal」（玉米粽子）、「tortillas」（拉丁美洲玉米餅）和「tacos」（塔可）。

在中美洲，傳統早餐包含「frijoles」（豆子）、「huevo」（蛋）和「plátano」（香蕉）。在南美洲，不同國家的早餐大相徑庭。祕魯人吃「tamal」，在阿根廷、巴拉圭和烏拉圭，人們則會喝「mate」（馬黛茶）配「croissants」（牛角麵包）或「pan con mantequilla y queso」（麵包加奶油和起司），在哥倫比亞和委內瑞拉喜歡吃「arepa」。

6.3. Escucha y lee. MP3-102

¡A practicar! 西語口語，一說就通！

A: ¿Qué desayunas todos los días?

B: Yo desayuno pan con queso y café.

A: ¿Desayunas en la cafetería?

B: No. Yo desayuno en mi casa.

A: ¿Con quién desayunas?

B: Yo desayuno con mi hermano.

A: ¿A qué hora?

B: Yo desayuno a las siete y cuarto.

7. Ir
去 / 將要

7.1. Escucha y repite. MP3-103

¡A aprender! 西語句型，一用就會！

❖表達去某個地方。句型：【 ir + a + 地方】

A: ¿A dónde vas? 妳去哪裡？

B: Yo voy al cine. 我去電影院。

aeropuerto	機場	puerto	港口
aparcamiento	停車場	zoo / parque zoológico	動物園

B: Yo voy a la oficina. 我去辦公室。

estación de autobús	車站	parada de autobús	公車站牌
estación de tren	火車站	plaza	廣場

小提醒 「a + el」須合寫成「al」。

❖表達怎麼去某個地方。句型：【 ir + en + 交通方式】

A: ¿Cómo vas a la universidad? 妳怎麼去大學？

B: Yo voy en autobús. 我搭公車去。

en bicicleta	騎腳踏車	en taxi	搭計程車
en motocicleta	騎摩托車	a pie	走路

❖表達將要去做某件事。屬於西班牙語中的未來時。句型：【**ir** ＋ **a** ＋動詞不定式（原形動詞）】

A: ¿Qué vas a hacer mañana? 妳明天將要做什麼？

B: Yo voy a trabajar. 我將會去上班。

7.2. Escucha y lee. MP3-104

¡A practicar! 西語口語，一說就通！

A: ¿A dónde vas?

B: Yo voy a la biblioteca.

A: ¿Cómo vas a la biblioteca?

B: Yo voy en metro.

A: ¿Qué vas a hacer?

B: Yo voy a estudiar para el examen.

8. Tomar
拿／搭／喝

8.1. Escucha y lee. MP3-105

¡A aprender! 西語句型，一用就會！

用法 1：拿

Yo tomo el bolígrafo. 我拿原子筆。

la pinza metálica	長尾夾	la grapadora	釘書機
la goma de borrar / el borrador	橡皮擦	la goma	膠水
la calculadora	計算機	el cúter	美工刀

8.2. Escucha y lee. MP3-106

¡A practicar! 西語口語，一說就通！

A: ¿Qué hay en esta caja?

B: En la caja hay dos calculadoras, tres grapadoras y ocho bolígrafos.

A: ¿Por qué están aquí?

B: Deseo llevar estas cosas a la oficina.

A: ¿Puedo tomar un bolígrafo?

B: Sí, claro.

8.3. Escucha y repite. MP3-107

¡A aprender! 西語句型，一用就會！

用法 2：搭

A: ¿Qué medios de transporte tomas? 妳搭什麼交通工具？

B: Yo tomo el metro. 我搭捷運。

el coche	汽車	el tranvía	電車
el tren	火車	el ferri	渡輪
el autobús	巴士	el avión	飛機
el barco	船	el teleférico	纜車

8.4. Escucha y lee. MP3-108

¡A practicar! 西語口語，一說就通！

A: ¿Qué medios de transporte tomas para ir a la oficina?

B: Yo tomo el autobús.

A: ¿Dónde tomas el autobús?

B: Yo tomo el autobús en la parada.

A: ¿Qué número tomas?

B: Yo tomo el autobús once.

8.5. Lee y recuerda.

¡Vamos a viajar! 用西語去旅行！

（1）在西班牙，人們習慣說：「coger el bus」（搭公車）。然而「coger」這個字在中南美洲代表髒話，因此在中南美洲時，記得說：「tomar el bus」（搭公車）。

（2）除了「tomar」（喝），有些地區也使用「beber」（喝）這個動詞。例句：「Yo bebo un zumo de mango.」（我喝一杯芒果汁。）

（3）要表達果汁，可同時使用「zumo」或「jugo」這二個字，都是果汁的意思。

8.6. Escucha y lee. MP3-109

¡A aprender! 西語句型，一用就會！

用法 3：喝

A: ¿Qué tomas? 妳喝什麼？

B: Yo tomo un zumo de naranja. 我喝一杯柳橙汁。

uva	葡萄	manzana	蘋果
mango	芒果	piña	鳳梨
sandía	西瓜	melón	甜瓜

B: Yo tomo un café con leche. 我喝一杯咖啡加牛奶。

café solo	濃縮黑咖啡	café bombón	咖啡加煉乳
café cortado	濃縮黑咖啡加一點點牛奶		
café solo con hielo	濃縮黑咖啡加冰塊		

8.7. Escucha y lee. MP3-110

¡A practicar! 西語口語，一說就通！

A: Bienvenida a mi casa. Pasa, pasa.

B: Gracias. Tu casa es hermosa.

A: Gracias. ¿Deseas tomar algo? Tengo zumo de naranja, cerveza y café.

B: Un zumo de naranja, por favor.

9. Lavarse
洗

9.1. Escucha y repite. MP3-111

¡A aprender! 西語句型，一用就會！

用法 1：刷牙【**lavarse** ＋ los dientes】

Yo **me lavo los dientes** después de cada comida. 我每餐飯後刷牙。

antes de dormir　睡覺前　　tres veces al día　一天三次

用法 2：洗臉 / 洗頭髮【**lavarse** ＋ la cara / el pelo】

Yo **me lavo la cara** después de levantarme. 我起床後洗臉。

用法 3：洗手【**lavarse** ＋ las manos】

Yo **me lavo las manos** antes de comer. 我在飯前洗手。

9.2. Escucha y lee. MP3-112

¡A practicar! 西語口語，一說就通！

A: ¿Qué haces después de levantarte?

B: Yo me lavo la cara.

A: ¿Y luego?

B: Yo me lavo los dientes.

A: ¿Qué haces antes de desayunar?

B: Yo me lavo las manos.

¡Vamos a escribir!
一起來寫西語吧！

1. ¿Qué haces todos los días?

（1）levantarse ______________________________

（2）ducharse ______________________________

（3）desayunar ______________________________

（4）tomar (bebida) ______________________________

（5）tomar (medios de transporte) ______________________________

（6）leer ______________________________

（7）escribir ______________________________

（8）hacer ______________________________

（9）lavarse ______________________________

2. ¿Qué hace Jaime todas las mañanas?

Hecho por: ______________________________

¡Vamos a conversar!
一起來說西語吧！

Mi rutina por las mañanas 我的上午例行公事 MP3-113

A: ¿A qué hora te levantas de lunes a viernes?

B: Me levanto a las seis de la mañana.

A: ¡A las seis!

B: Es que yo hago muchas cosas antes de ir a la oficina.

A: ¿Qué haces?

B: Me ducho a las seis y diez, desayuno a las siete menos cuarto, me lavo los dientes y voy a la estación un cuarto de hora más tarde.

A: ¿Con quién desayunas?

B: Desayuno con mi familia.

A: ¿Qué desayunas?

B: Unas tostadas y un café caliente.

A: ¿Cómo vas a la oficina?

B: Yo tomo el autobús.

A: ¿Dónde tomas el autobús?

B: En la estación central.

9 *En la oficina* 在辦公室

1. Un día en el trabajo 上班的一天

1.1. Mira.

- llegar 到達 / 抵達
- empezar 開始
- atender 服務 / 照顧
- hacer 做
- buscar 找 / 查
- saber 知道 / 會
- comer / almorzar 吃 / 吃午餐

1.2. Lee y recuerda.

¡A entender la gramática! 西語文法，一學就懂！

Presente de indicativo: verbos regulares 陳述式現在時：規則動詞

	buscar	llegar	comer	hacer（不規則動詞）
yo	busco	llego	como	hago
tú	buscas	llegas	comes	haces
él / ella / usted	busca	llega	come	hace

Presente de indicativo: verbos irregulares 陳述式現在時：不規則動詞

	almorzar	empezar	atender	saber
yo	almuerzo	empiezo	atiendo	sé
tú	almuerzas	empiezas	atiendes	sabes
él / ella / usted	almuerza	empieza	atiende	sabe

2. Llegar
到達 / 抵達

2.1. Escucha y repite. MP3-114

¡A aprender! 西語句型，一用就會！

★ A: ¿A qué hora llegas a la oficina? 妳幾點到達辦公室？

B: Yo llego a la oficina a las ocho y media. 我八點半到達辦公室。

★ A: ¿A qué hora llega el autobús? 公車幾點抵達？

B: El autobús llega a las cinco. 公車五點抵達。

2.2. Escucha y lee. MP3-115

¡A practicar! 西語口語，一說就通！

A: Buenos días. ¿Está el señor Campos?

B: Él no está en la oficina.

A: ¿A qué hora llega?

B: Normalmente, él llega a las tres.

¿Tiene cita con él?

A: Sí. Mi nombre es Marcos Ramos, de la compañía Llave.

B: Vale. Tome asiento, por favor.

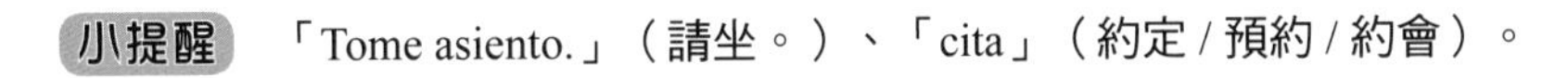

小提醒 「Tome asiento.」（請坐。）、「cita」（約定 / 預約 / 約會）。

3. Empezar
開始

3.1. Escucha y repite. MP3-116

¡A aprender! 西語句型，一用就會！

❖開始做某件事。句型：【**empezar** ＋ **a** ＋動詞不定式（原形動詞）】

A: ¿A qué hora **empiezas a trabajar**? 妳幾點開始工作？

B: Yo **empiezo a trabajar** a las nueve de la mañana. 我早上九點開始工作。

❖活動 / 表演開始。句型：【活動 / 表演 ＋ **empezar** ＋ **a** ＋時間】

A: ¿A qué hora **empieza el concierto**? 演唱會幾點開始？

B: **El concierto empieza a** las siete y media. 演唱會七點半開始。

la conferencia	會議、大會	la reunión	會議、會面
la película	電影	la obra de teatro	戲劇表演

小提醒 請搭配 Lección 5 8.1. 的單字，說出更多西班牙語句子。

3.2. Escucha y lee. MP3-117

¡A practicar! 西語口語，一說就通！

A: ¿A dónde vas?

B: Voy a la universidad.

A: ¿A qué hora empieza tu clase?

B: La clase empieza a las nueve. Y tú, ¿a dónde vas?

A: Yo voy a la oficina.

B: ¿A qué hora empiezas a trabajar?

A: Yo empiezo a trabajar a las nueve y media.

4. Atender
服務 / 照顧

4.1. Escucha y repite. MP3-118

¡A aprender! 西語句型，一用就會！

★ Soy médico.
Yo atiendo a los pacientes en el hospital.

★ Soy camarero.
Yo atiendo a los clientes en el restaurante.

★ Soy azafata.
Yo atiendo a los pasajeros durante el viaje.

★ Soy dependiente.
Yo atiendo a las personas en la tienda.

★ Soy recepcionista.
Yo atiendo a los huéspedes en la recepción del hotel.

4.2. Adivina. ¿Cómo se dice "paciente" en chino?

paciente ____________________ cliente ____________________

pasajero ____________________ huésped ____________________

4.3. Escucha y lee. MP3-119

¡A practicar! 西語口語，一說就通！

A: ¿A qué te dedicas? B: Yo soy dependiente.

A: ¿Dónde trabajas? B: Yo trabajo en una tienda.

A: ¿Qué haces en tu trabajo? B: Yo atiendo a los clientes.

5. Hacer
做

5.1. Escucha y repite. MP3-120

¡A aprender! 西語句型，一用就會！

用法 1：表達做某件事

Yo hago los ejercicios de gramática en la clase. 我在教室做文法練習。

una presentación de las características del producto	一場產品特色的簡報

用法 2：表達做飯（烹飪）

Yo hago una tarta de chocolate. 我做一個巧克力蛋糕。

un bocadillo	一份三明治	una ensalada	一份沙拉

用法 3：表達做運動

Yo hago deporte con mi amigo todas las noches. 我跟我的朋友每天晚上做體育運動。

ejercicio	體育活動	yoga	瑜珈
gimnasia	體操		

5.2. Escucha y lee. MP3-121

¡A practicar! 西語口語，一說就通！

A: ¿Qué haces todos los jueves?

B: Yo hago ejercicio en el parque por las mañanas.

A: ¿Y por la tarde?

B: Yo hago la tarea en la biblioteca.

A: ¿Y por la noche?

B: Yo hago la comida para mi familia.

6. Agenda de trabajo
工作議程

6.1. Escucha y repite. MP3-122

cliente	客戶	comentario	評論
informe	報告	diseño	設計
característica	特色	presentación	簡報
página web	網頁	propuesta	建議 / 提案
proveedor	供應商	equipo de trabajo	工作團隊
plan de trabajo	工作計劃	situación de la empresa	公司的情況

6.2. Escucha y lee. 

¡A aprender! 西語句型，一用就會！

- ✓ Yo llevo una vida muy ocupada. 我過著很忙碌的生活。
- ✓ Yo trabajo diez horas todos los días. 我每天工作十個小時。
- ✓ Yo respondo los correos electrónicos. 我回覆電子郵件。
- ✓ Yo tengo una reunión con mi equipo de trabajo todas las semanas.
  我跟我的工作團隊每週有一個會議。
- ✓ Yo leo los comentarios de los clientes en la página web.
  我閱讀客戶在網頁上的評論。
- ✓ Yo hablo sobre el plan de trabajo con mis compañeros.
  我跟我的同事們談論工作計劃。
- ✓ Yo llamo por teléfono a mis clientes. 我打電話給我的客戶們。
- ✓ Yo veo los diseños de las otras compañías.
  我看其他公司的設計。
- ✓ Yo estudio las propuestas de los proveedores.
  我研究供應商的建議。
- ✓ Yo escribo informes sobre la situación de la empresa.
  我寫有關公司情況的報告。

- ❖ llevar
- ❖ trabajar
- ❖ responder
- ❖ tener
- ❖ leer
- ❖ hablar
- ❖ llamar
- ❖ ver
- ❖ estudiar
- ❖ escribir

小提醒 請搭配 Lección 13，學習更多商務西班牙語。

1 2 3 4 5 6 7 8 9

7. Buscar
找 / 查

7.1. Escucha y repite. MP3-124

¡A aprender! 西語句型，一用就會！

★ Yo busco un piso en el centro de la ciudad. 我在市中心找一間公寓。

★ Yo busco información por internet. 我在網路上查資訊。

un trabajo	一份工作	un curso de español	一堂西班牙語課

★ Yo busco un restaurante para cenar después de las nueve de la noche.
我在找一間餐廳為了在晚上九點之後吃晚餐。

con servicio a domicilio	有外送服務
de comida típica peruana	有代表性的祕魯食物

7.2. Escucha y lee. MP3-125

¡A practicar! 西語口語，一說就通！

A: ¿Qué buscas?

B: Yo busco información sobre restaurantes italianos.

A: Hay un restaurante italiano en la esquina.

B: Yo sé, pero no deseo gastar más de cincuenta euros.

A: En el barrio Retiro hay un restaurante barato.

B: ¿Tienes su número de teléfono?

A: Sí. Este es el número.

B: Vale. Voy a llamar para hacer una reservación.

小提醒 「gastar」（花費）。

7.3. Lee y recuerda.

¡A entender la gramática! 西語文法，一學就懂！

Oraciones con "para" 帶有「para」的句子

「para」之後的句子，用來表示做某事或某情況的結果或目的。

❖ 句型：【**para** ＋ 動詞不定式（原形動詞）】

例句：「Yo aprendo español **para comunicarme** con mi amigo.」
（我學習西班牙語為了跟我的朋友溝通。）

❖ 請留意，若碰到表示移動位置和方向的動詞時，例如：「ir」（去）、「venir」（來）、「salir」（出去）等，會以「**a**」代替「para」。

例句：「El supervisor del departamento **sale a atender** a los clientes.」
（部門主管出來為顧客服務。）

8. Saber
知道 / 會

8.1. Escucha y repite. MP3-126

¡A aprender! 西語句型，一用就會！

❖知道某件事。句型：【**saber** ＋ 名詞】

Yo **sé** su número de teléfono. 我知道他的電話號碼。

la respuesta	答案	la dirección	地址

¿**Sabes** el número de teléfono de la policía? 你知道警察的電話號碼嗎？

los bomberos	消防隊	la Cruz Roja	紅十字會

❖會某件事。句型：【**saber** + 動詞不定式（原形動詞）】

Yo sé **hablar** inglés. ¿Y tú?
Yo también.
Pero no hablo muy bien.

8.2. Escucha y lee. MP3-127

¡A practicar! 西語口語，一說就通！

A: ¿Qué vas a hacer este fin de semana?
B: No sé.
A: ¿Deseas ir a la playa conmigo?
B: ¡Buena idea! Pero yo no sé nadar.
A: No te preocupes. Yo te enseño.
B: ¿Conoces alguna playa famosa?
A: Sí. ¿Qué te parece Playa Hermosa?
B: Perfecto.

小提醒 （1）請仔細分辨這四個容易混淆的動詞：「saber」（知道 / 會）、「conocer」（認識）、「poder」（可以 / 能）和「entender」（懂）。例句：「Yo sé la respuesta.」（我知道答案。）、「Yo conozco a María.」（我認識瑪麗亞。）、「Yo no sé nadar.」（我不會游泳。）、「Yo no puedo nadar.」（我不能游泳。）、「Yo no sé su número de teléfono.」（我不知道他的電話號碼。）、「Yo no entiendo portugués.」（我不懂葡萄牙語。）。
（2）「¡No te preocupes! Yo te enseño.」(別擔心！我教妳。)

8.3. Practica el diálogo. Usa estas palabras.

Actividad		Lugar	Actividad		Lugar
bailar	跳舞	la discoteca	esquiar	滑雪	la montaña
dibujar	畫 / 繪畫	la clase de dibujo	patinar	溜冰	la pista de hielo
tocar el piano	彈鋼琴	el salón de música	conducir	開車	el pueblo

9. Comer

吃 / 吃午餐

9.1. Escucha y repite. MP3-128

¡A aprender! 西語句型，一用就會！

Yo como en aquel restaurante.

我在那間餐廳吃午餐。

Yo como un cocido madrileño.

我吃一份馬德里雜菜燉肉鍋。

un filete de ternera	一份牛排
un pollo asado	一隻烤雞
una ensalada	一份沙拉
una merluza a la romana	一份炸鱈魚
una porción de tortilla española	一份西班牙馬鈴薯蛋餅

9.2. Lee y recuerda.

¡Vamos a viajar! 用西語去旅行！

（1）西班牙的著名菜餚：「tortilla española」（西班牙馬鈴薯蛋餅），由馬鈴薯、雞蛋、洋蔥等食材烹調而成。有趣的是，墨西哥與中美洲也有「tortilla」（玉米餅），不過是由玉米製作而成；同時，「tortilla」也是製作「tacos」（塔可）的基本材料。

（2）大部份的西班牙人一天用餐五次：

第一餐「**desayuno**」（早餐）比較簡單，通常吃「tostadas」（吐司）、「churros」（炸西班牙油條）、「cruasán / croissant」（牛角麵包）、「galletas」（餅乾），以及「café」（咖啡）。

第二餐「**almuerzo**」（早上點心）在上午十點半到十一點半，會吃「bocata」或「bocadillo」（三明治），配「café con leche」（咖啡加牛奶）或「café solo」（濃縮黑咖啡）；有些人也會吃點水果。

第三餐「**comida**」（午餐）在下午二點到四點之間，西班牙的餐廳通常在這個時段推出「menú del día」（今日特餐），包含「entrante」、「entrada」或「primer plato」（前菜）、「segundo plato」或「plato fuerte」（主菜）和「postre」（甜點）；用餐完，也常會喝一杯咖啡。

第四餐「**merienda**」（下午點心）在下午五點到六點之間，會吃「bocadillo」（三明治）、水果、餅乾等簡單的食物。

最後一餐是晚上九點到十一點左右的「**cena**」（晚餐）。

（3）位於美洲大陸的西語系國家，飲食習慣為「desayuno」（早餐）、「almuerzo」（午餐）、「merienda」（下午點心）和「cena」（晚餐）。

（4）在西班牙，表達吃午餐說法為「comer la comida」（吃午餐），使用「comer」（吃）這個動詞。在其他西語系國家，表達吃午餐的動詞則習慣使用「almorzar」（吃午餐）。

9.3. Escucha y lee. MP3-129

¡A practicar! 西語口語，一說就通！

A: ¿A qué hora comes el almuerzo?

B: Yo como a las dos y media.

A: ¿Comes sola?

B: No. Yo como con mis compañeros de oficina.

A: ¿Dónde comes?

B: Yo como en aquel restaurante francés.

A: Normalmente, ¿qué comes?

B: Yo como un filete de ternera.

10. Almorzar
吃午餐

10.1. Escucha y lee. MP3-130

¡A practicar! 西語口語，一說就通！

A: ¿Qué almuerzas?

B: Yo almuerzo el plato del día.

A: ¿Cómo está?

B: Está delicioso.

A: ¿Qué lleva?

B: Ensalada, arroz, pollo y puré.

11. Hablando del menú
談論菜單

11.1. Escucha y repite. MP3-131

¡A aprender! 西語句型，一用就會！

Menú 菜單

Entradas 前菜

ensalada 沙拉

gazpacho 西班牙蔬菜冷湯

lentejas con patatas 燉小扁豆加馬鈴薯

Segundo plato 主菜

chuletas de cordero 羊小排

chuletas de ternera 牛小排

chuletas de cerdo 豬排

filete de ternera 牛排

pollo asado 烤雞

merluza a la romana 炸鱈魚

filete de pescado 魚排

gambas a la plancha 煎蝦仁

Postre 甜點

helado 冰淇淋

tarta de chocolate 巧克力蛋糕

flan 布丁

  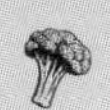   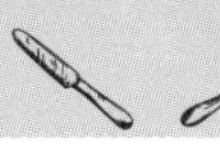    

11.2. Escucha y recuerda. MP3-132

¡Vamos a viajar! 用西語去旅行！

底下是西語系國家最具傳統代表性的一些菜餚，有機會請務必品嘗。

España 西班牙

tortilla española 西班牙馬鈴薯蛋餅

México 墨西哥

tacos 塔可

Costa Rica 哥斯大黎加

gallo pinto 黑豆炒飯

El Salvador 薩爾瓦多

pupusas 玉米餅夾豆子、炸豬皮、沙拉

Colombia 哥倫比亞

bandeja paisa 米飯、肉、豆子、炸香蕉

Perú 秘魯

ceviche 酸漬海鮮

Chile 智利

pastel de choclo 玉米派

Argentina 阿根廷

parrillada 烤肉

12. Números

數字

12.1. Escucha y repite. MP3-133

100	cien	400	cuatrocientos	1 005	mil cinco
101	ciento uno	500	quinientos	1 110	mil ciento diez
110	ciento diez	600	seiscientos	2 000	dos mil
153	ciento cincuenta y tres	700	setecientos	10 000	diez mil
200	doscientos	800	ochocientos	100 000	cien mil
220	doscientos veinte	900	novecientos	1 000 000	un millón
300	trescientos	1 000	mil	5 000 000	cinco millones

12.2. Practica con tu compañero.

12.3. Practica con tu compañero.

A: ¿Cuánto cuesta la camisa?

B: La camisa cuesta trescientos veinte pesos.

Ropa	Precio（Mex $）	Ropa	Precio（Mex $）
falda	349	gorra	118
vestido	634	chándal	1326
blusa	215	traje	1752

¡Vamos a escribir!
一起來寫西語吧！

1. Haz una oración con cada verbo. ¿Qué haces en la oficina?

（1）empezar ______________________

（2）atender ______________________

（3）hacer ______________________

（4）llamar ______________________

（5）buscar ______________________

（6）escribir ______________________

（7）responder ______________________

（8）estudiar ______________________

（9）hablar ______________________

（10）responder ______________________

Hecho por: ______________________

¡Vamos a conversar!
一起來說西語吧！

1
2
3
4
5
6
7
8
9

En la entrada del restaurante 在餐廳入口 MP3-134

A: Bienvenida. ¿Tiene reserva?

B: Sí, tengo una reservación a nombre de Yolanda García.

A: Un momento, por favor. ¿Es una mesa para una persona?

B: Sí. Deseo una mesa al lado de la ventana.

A: Por favor, sígame.

Pidiendo / Ordenando la comida 點餐 MP3-134

A: ¿Qué desea comer?

B: El plato del día, por favor.

A: De primero hay ensalada, gazpacho o lentejas con patatas.

B: Deseo una ensalada.

A: Vale. De segundo hay filete de ternera, pollo asado o merluza a la romana.

B: Filete de ternera.

A: De postre hay flan, tarta de chocolate o fruta.

B: Tráigame una tarta de chocolate.

A: ¿Qué desea tomar?

B: Agua mineral sin gas, por favor.

La cuenta 買單 MP3-134

B: ¿Me trae la cuenta, por favor?

A: Aquí tiene. ¿Desea pagar con tarjeta de crédito?

B: Sí.

10 *De vuelta a casa* 回家

1. De regreso a casa 回家

1.1. Mira.

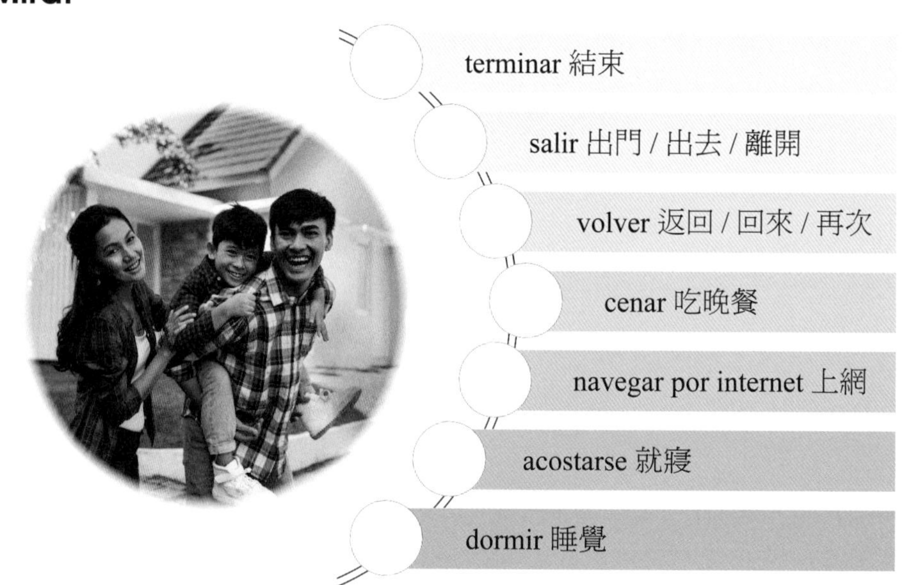

terminar 結束
salir 出門 / 出去 / 離開
volver 返回 / 回來 / 再次
cenar 吃晚餐
navegar por internet 上網
acostarse 就寢
dormir 睡覺

1.2. Lee y recuerda.

¡A entender la gramática! 西語文法，一學就懂！

Presente de indicativo: verbos regulares 陳述式現在時：規則動詞

	cenar	navegar	terminar
yo	ceno	navego	termino
tú	cenas	navegas	terminas
él / ella / usted	cena	navega	termina

Presente de indicativo: verbos irregulares 陳述式現在時：不規則動詞

	volver	dormir	salir
yo	vuelvo	duermo	salgo
tú	vuelves	duermes	sales
él / ella / usted	vuelve	duerme	sale

Presente de indicativo: verbos reflexivos 陳述式現在時：反身動詞

	acostar**se**
yo	**me** acuesto
tú	**te** acuestas
él / ella / usted	**se** acuesta

2. Terminar
結束

2.1. Escucha y repite. MP3-135

¡A aprender! 西語句型，一用就會！

❖結束某動作。句型：【**terminar** ＋ **de** ＋ 動詞不定式（原形動詞）】

A: ¿A qué hora **terminas de trabajar**? 妳幾點結束工作？

B: Yo **termino de trabajar** a las cinco. 我五點結束工作。

❖活動 / 表演結束。句型：【活動 / 表演 ＋ **terminar** ＋ **a** ＋時間】

A: ¿A qué hora **termina** la película? 電影幾點結束？

B: La película **termina a** las diez. 電影十點結束。

小提醒 請搭配 Lección 9 3.1. 的單字，說出更多西班牙語句子。

2.2. Escucha y lee. MP3-136

¡A practicar! 西語口語，一說就通！

A: ¿Quieres salir este sábado?

B: Lo siento. Tengo que trabajar.

A: ¿A qué hora terminas de trabajar?

B: Yo termino de trabajar a las cuatro.

A: ¿Quieres ir al cine a las seis?

B: Disculpa, es que tengo una clase a las cinco.

A: ¿A qué hora termina la clase?

B: La clase termina a las siete. ¿Qué te parece si nos vemos a las nueve?

A: Vale. Te espero en la entrada de la universidad a las nueve y media.

小提醒 「Es que…」（是因為……），用來表達原因或說明理由。「Te espero.」（我等你。）

3. Salir
出門 / 出去 / 離開

3.1. Escucha y repite. MP3-137

¡A aprender! 西語句型，一用就會！

❖表達跟誰出去。句型：【**salir** ＋ **con** ＋ 人】

A: ¿Con quién **sales** todos los fines de semana? 妳每個週末和誰出去？

B: Yo **salgo con** mis amigos todos los fines de semana. 我每個週末跟我的朋友們出去。

❖說明幾點離開。句型：【**salir** ＋ **a** ＋ 時間】

A: ¿A qué hora **sale** el tren? 火車幾點出發？

B: El tren **sale a** las diez. 火車十點出發。

❖說明從哪個地點離開。句型：【**salir** ＋ **de** ＋ 地點】

A: ¿A qué hora **sales** de la oficina? 妳幾點離開辦公室？

B: Yo **salgo de** la oficina a las ocho de la noche. 我晚上八點離開辦公室。

3.2. Escucha y lee. MP3-138

¡A practicar! 西語口語，一說就通！

A: ¿A qué hora sales del trabajo?

B: Yo salgo a las dos.

A: ¿Quieres salir conmigo?

B: ¡Claro! ¿A dónde vamos?

A: ¿Qué te parece al Palacio Nacional?

B: Buena idea. ¿Vamos en tren?

A: Sí. El tren sale a las tres.

B: Vale. Nos vemos en la estación de tren a las dos y media.

4. Tomando el tren
搭火車

4.1. Escucha y repite. MP3-139

¡A aprender! 西語句型，一用就會！

★ A: ¿A qué hora sale el tren para Madrid? 往 Madrid 的火車幾點發車？

B: El tren sale a las diez. 火車十點發車。

★ A: ¿Cuánto tarda el viaje? 車程是多久時間？

B: El viaje tarda tres horas. 車程需要三個小時。

★ A: ¿Puedo reservar una plaza ida y vuelta? 我能預約一張來回票嗎？

B: Por supuesto. 當然。

★ Yo deseo un asiento al lado de la ventana. 我想要一個靠窗的座位。

en ventanilla	靠窗
en pasillo	靠走道

4.2. Escucha y lee. MP3-140

¡A practicar! 西語口語，一說就通！

A: ¿A qué hora sale el tren para Málaga?

B: El tren sale a las ocho.

A: ¿Cuánto tarda el viaje?

B: El viaje tarda dos horas.

A: ¿Hay algún tren por la tarde?

B: Sí, hay un tren que sale a las tres y llega a las cinco.

A: ¿Puedo reservar una plaza?

B: Por supuesto. ¿Desea ida y vuelta?

A: Sí. ¿Cuánto cuesta el billete?

B: Ciento seis con cuarenta.

A: Vale. Deseo un asiento al lado de la ventana.

B: Este es su billete. El tren sale del andén dos. Es el coche dos y el asiento veinte.

4.3. Lee y recuerda.

¡A entender la gramática! 西語文法，一學就懂！

El relativo que 關係詞「que」

❖ Que 是關係詞，用來代替句中已出現過的名詞（人物、事物、動物），以及為該名詞增加說明或補充的資訊。

Yo tengo un compañero de universidad. Él es de Colombia.

我有一個大學同學。他來自哥倫比亞。

→ Yo tengo un compañero de universidad **que** es de Colombia.

我有一個來自哥倫比亞的大學同學。

Yo tomo el autobús en la parada de autobús. La parada de autobús está cerca de mi casa.

我在公車站搭公車。公車站在我家附近。

→ Yo tomo el autobús en la parada **que** está cerca de mi casa.

我在我家附近的公車站搭公車。

5. Volver
返回 / 回來 / 再次

5.1. Escucha y repite. MP3-141

¡A aprender! 西語句型，一用就會！

❖說明返回哪裡。句型：【**volver** ＋ **a** ＋ 地點】

A: ¿A dónde vas? 妳要去哪裡？

B: Yo **vuelvo a** casa. 我要回家。

❖說明幾點回來。句型：【**volver** ＋ **a** ＋ 時間】

A: ¿A qué hora vuelves a casa? 妳幾點回家？

B: Yo **vuelvo a** las 8 *p. m*. ¿Te parece? 我晚上八點回來。你覺得如何呢？

❖說明會再次做某事。句型：【**volver** ＋ **a** ＋ 動詞不定式（原形動詞）】

Yo no **vuelvo a** bailar con Antonio. 我不再跟 Antonio 跳舞。

5.2. Escucha y lee. MP3-142

¡A practicar! 西語口語，一說就通！

A: ¿Dónde estás?

B: Yo estoy en la universidad.

A: ¿A qué hora vuelves a tu casa?

B: Yo vuelvo a las cuatro.

A: Vale. Te veo a las cinco en tu casa.

B: Lo siento. Yo vuelvo a salir a las cuatro y media.

A: ¿A dónde vas?

B: Yo voy a la cafetería. Es que empiezo a trabajar a las seis.

6. Cenar
吃晚餐

6.1. Escucha y repite. MP3-143

¡A aprender! 西語句型，一用就會！

A: ¿Qué cenas? 妳晚餐吃什麼？

B: Yo ceno pollo frito. 我晚餐吃炸雞。

A: ¿Cómo está la comida? 食物味道如何呢？

B: La comida está un poco salada. 食物有點鹹。

rica	好吃的	deliciosa	美味的

1. ¿Qué cenas?
3. ¿Cómo está la comida?
2. Yo ceno pollo frito.
4. La comida está un poco picante.

6.2. Practica con tu compañero.

A: ¿Deseas cenar conmigo?

B: ¡Claro! ¿A qué hora?

A: A las nueve. ¿Qué te parece?

B: Vale. Nos vemos en Plaza Mayor.

7. Navegar por internet
上網

7.1. Escucha y repite. MP3-144

¡A aprender! 西語句型，一用就會！

★ A: ¿Cuántas horas navegas por internet?
妳上網幾個小時呢？

B: Yo navego por internet unas tres horas.
我上網大約三個小時。

★ A: ¿Qué haces cuando navegas por internet?
妳上網都在做什麼呢？

B: Yo leo las noticias y escribo unos correos electrónicos.
我讀新聞和寫一些電子郵件。

7.2. Escucha y lee. MP3-145

¡A practicar! 西語口語，一說就通！

A: ¿Cuándo navegas por internet?
B: Yo navego por internet todas las noches.

A: ¿Dónde navegas por internet?
B: Yo navego por internet en mi estudio.

A: ¿Cuántas horas navegas por internet?
B: Yo navego por internet unas tres horas.

A: ¿Qué haces cuando navegas por internet?
B: Yo leo las noticias y escucho música.

8. Acostarse 就寢 / Dormir 睡覺

8.1. Escucha y repite. MP3-146

¡A aprender! 西語句型，一用就會！

★ A: ¿A qué hora te acuestas? 妳幾點就寢？

B: Yo me acuesto a las once. 我十一點就寢。

★ A: ¿Cuántas horas duermes? 妳睡幾個小時？

B: Normalmente, yo duermo ocho horas.
我通常睡八個小時。

8.2. Practica con tu compañero.

Preguntas	Yo	Amigo A	Amigo B
¿Qué medios de transporte tomas para ir a la universidad / tu trabajo?			
¿Cuánto tarda el viaje?			
¿A qué hora terminas tus clases / de trabajar?			
¿Con quién sales después de clases / trabajar?			
¿Dónde cenas? ¿Con quién?			
¿A qué hora vuelves a casa?			
¿Qué haces cuando vuelves a casa?			
¿A qué hora te acuestas?			
¿Cuántas horas duermes?			

9. Actividades por internet
網路活動

9.1. Mira.

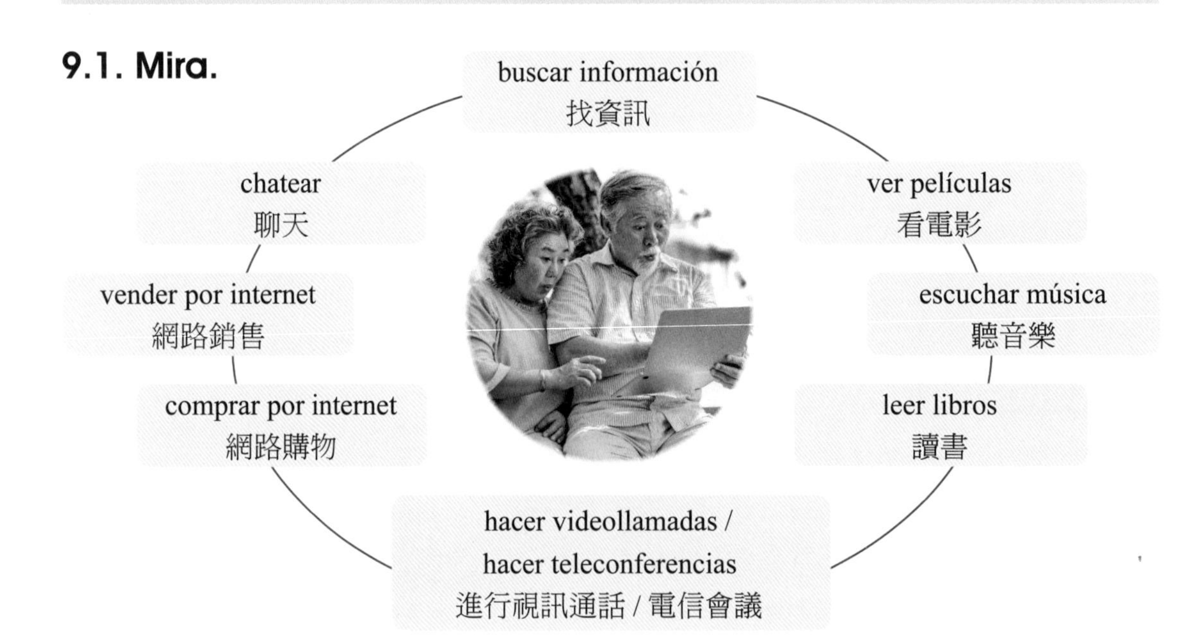

9.2. Lee y recuerda.

¡A entender la gramática! 西語文法，一學就懂！

Presente de indicativo: verbos regulares 陳述式現在時：規則動詞

	chatear	comprar	vender
yo	chateo	compro	vendo
tú	chateas	compras	vendes
él / ella / usted	chatea	compra	vende

10. Vender
賣

10.1. Escucha y repite. MP3-147

¡A aprender! 西語句型，一用就會！

En la oficina de correos venden sellos. 在郵局，他們賣郵票。

sobres	信封	postales	明信片
cajas	箱子	recuerdos	紀念品

Yo vendo mi ordenador portátil. 我賣我的筆記型電腦。

impresora	印表機	escáner	掃描器

小提醒 請搭配 Lección 3 5.1.、Lección 4 6.2. 與 Lección 6 4.1. 的單字，說出更多西班牙語句子。

10.2. Escucha y repite. MP3-148

heladería	冰淇淋店	papelería	文具店
panadería	麵包店	mueblería	家具店
agencia de viajes	旅行社	óptica	眼鏡行

10.3. Relaciona.

En una heladería venden helados.

✓ helado	✓ silla
✓ papel	✓ gafas
✓ tijeras	✓ mueble
✓ billetes	✓ pastel
✓ pan	✓ lentes de contacto

10.4. Escucha y lee. MP3-149

¡A practicar! 西語口語，一說就通！

A: ¿Qué haces?

B: Yo escribo un anuncio.

A: ¿Un anuncio? ¿Qué vendes?

B: Yo vendo mi ordenador portátil.

A: ¿Dónde vas a vender el ordenador?

B: Voy a vender el ordenador por internet.

10.5. Mira el anuncio.

Vendo ordenador
Memoria 記憶體 : 16GB
Disco duro 硬碟 : 2TB
Pantalla 螢幕 : 15pulgadas（15 吋）
Peso 重量 : 1,5 kg.
Llamar al teléfono 91 631 7818. Ricardo

11. Comprar
買

11.1. Escucha y repite. MP3-150

¡A aprender! 西語句型，一用就會！

A: ¿Qué vas a comprar en la tienda? 妳將要去商店買什麼？

B: Yo voy a comprar un frigorífico. 我將要去買一台冰箱。

lavaplatos	洗碗機	aire acondicionado	冷氣
microondas	微波爐	sofá	沙發
sillón	扶手椅	horno	烤箱

B: Yo voy a comprar una lavadora. 我將要去買一台洗衣機。

cocina de gas	瓦斯爐	refrigeradora	冰箱
lámpara	燈	cocina eléctrica	電磁爐

12. En la tienda de electrodomésticos
在家電行

12.1. Escucha y repite. MP3-150

¡A aprender! 西語句型，一用就會！

★ A: ¿En qué puedo ayudarle? 有什麼需要幫忙的嗎？

B: Deseo comprar un frigorífico. 我想買一台冰箱。

A: Sígame, por favor. Tenemos todos estos modelos. 請您跟我來。我們有這些款式。

★ A: ¿Qué tal es la garantía? 保固情況如何？

B: La garantía es de un año. 保固一年。

12.2. Escucha y lee. MP3-151

¡A practicar! 西語口語，一說就通！

A: ¿En qué puedo ayudarle? (1)

B: Deseo comprar un frigorífico.

A: Sígame, por favor. Tenemos todos estos modelos.

B: ¿Cuánto cuesta este?

A: Este frigorífico cuesta setecientos euros, pero tiene un veinte por ciento de descuento.

B: ¿Qué tal es la garantía?

A: La garantía es de dos años.

B: Vale. Compro este frigorífico. / Voy a pensarlo.

12.3. Practica el diálogo.

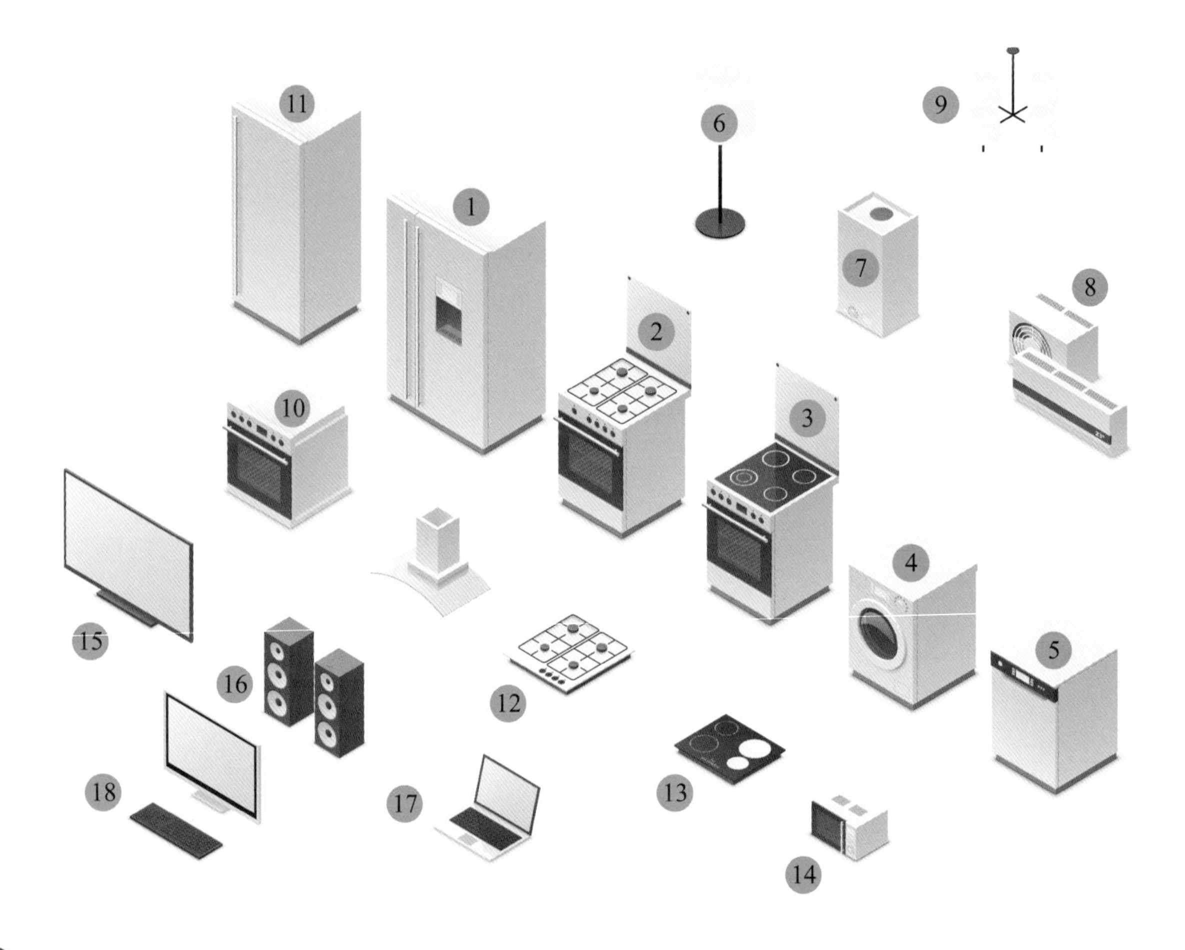

13. Chatear

聊天

13.1. Escucha y repite. MP3-152

¡A aprender! 西語句型，一用就會！

A: ¿Sobre qué temas chateas? 妳在聊什麼主題？

B: Yo chateo sobre mi vida. 我聊關於我生活的主題。

13.2. Escucha y lee. MP3-152

¡A practicar! 西語口語，一說就通！

A: ¿Qué haces?

B: Yo chateo con mi hermana.

A: ¿Sobre qué temas chateas?

B: Yo chateo sobre mi trabajo.

A: ¿Chateas con ella todos los días?

B: No. Yo chateo con ella los fines de semana.

13.3.Habla sobre tus actividades por internet.

Preguntas	Yo	Amigo A	Amigo B
¿Qué buscas por internet?			
¿Qué tipo de películas ves?			
¿Qué lees por internet?			
¿Qué compras por internet?			
¿Con quién chateas?			
¿Qué otras actividades haces por internet?			

¡Vamos a escribir!
一起來寫西語吧！

1. Mira la agenda de Francisco. Responde las preguntas.

10:30 Comprar la cama con 20% de descuento. www.barato.com
11:00 Reunión con Antonio en el salón tres. (11:00-12:00)
14:00 Comer con Daniel y Sara en el restaurante Mariscos.
16:00 Preparar los documentos para la reunión en el salón ocho.
17:00 Reunión con el cliente chileno por internet. (teleconferencia)
19:00 Escribir el reporte. Hacer el anuncio de venta de la moto.
20:00 Cenar con Cristina.
23:30 ¡Dulces sueños!

（1）¿Dónde compra la cama?

____

（2）¿Qué tiene que hacer a las once?

____

（3）¿Qué hace a las dos de la tarde?

____

（4）¿Qué cosas prepara a las cuatro de la tarde?

____

（5）¿Qué hace a las cinco?

____

（6）¿Qué vende?

____

（7）¿Con quién cena?

____

（8）¿A qué hora se acuesta?

____

Hecho por: ________________________________

¡Vamos a conversar!
一起來說西語吧！

Invitación al cine 邀請去電影院 MP3-153

A: ¿A qué hora terminas de trabajar hoy?

B: Yo termino a las cuatro, pero tengo una reunión con un cliente a las cuatro y media.

A: ¿A qué hora vas a salir de la oficina?

B: Creo que puedo salir a las seis aproximadamente.

A: Hay una película muy famosa en el cine Éxito. ¿Deseas ir?

B: ¡Claro! ¿A qué hora empieza la película?

A: Empieza a las siete. Nos vemos a las siete menos cuarto en la entrada del cine. ¿Te parece?

B: ¿Y los billetes?

A: No te preocupes. Yo siempre compro los billetes por internet. Es más fácil y rápido.
¿Deseas cenar conmigo después de la película?

B: Vale, pero algo ligero. Es que tengo que acostarme temprano.

A: ¿A qué hora te acuestas?

B: Normalmente, me acuesto a las once y media.

11 *Mis aficiones* 我的愛好

1. Mis aficiones
我的愛好

1.1. Mira.

- gustar 喜歡
- bailar 跳舞
- viajar 旅行
- necesitar 需要
- querer 想要
- preferir 更喜歡 / 更喜愛

1.2. Lee y recuerda.

¡A entender la gramática! 西語文法，一學就懂！

Gustar			
(a mí)	me	gusta	el libro
(a ti)	te		esta camisa
(a él / a ella / a usted)	le		viajar
(a nosotros / a nosotras)	nos	gustan	las manzanas
(a vosotros / a vosotras)	os		los perros
(a ellos / a ellas / a ustedes)	les		estos trajes

Presente de indicativo: verbos regulares 陳述式現在時：規則動詞

	bailar	necesitar	viajar	querer（不規則動詞）	preferir（不規則動詞）
yo	bailo	necesito	viajo	quiero	prefiero
tú	bailas	necesitas	viajas	quieres	prefieres
él / ella / usted	baila	necesita	viaja	quiere	prefiere
nosotros / nosotras	bailamos	necesitamos	viajamos	queremos	preferimos
vosotros / vosotras	bailáis	necesitáis	viajáis	queréis	preferís
ellos / ellas / ustedes	bailan	necesitan	viajan	quieren	prefieren

2. Gustar
喜歡

2.1. Lee y recuerda.

¡A entender la gramática! 西語文法，一學就懂！

Gustar 是用來表示喜好的動詞，語意為：「使……喜歡」，用法如下：

❖ 表達喜歡某物（單數）。句型：【**gusta** ＋ 單數名詞】

例句：「Me **gusta** esta tableta.」（我喜歡這款平板電腦。）

「Me **gusta** este reloj.」（我喜歡這隻手錶。）

❖ 表達喜歡某物（複數）。句型：【**gustan** ＋ 複數名詞】

例句：「Me **gustan** los chocolates.」（我喜歡巧克力。）

「Le **gustan** las películas de aventuras.」（他喜歡冒險電影。）

❖ 表達喜歡做某事。句型：【**gusta** ＋ 動詞不定式（原形動詞）】

例句：「Me **gusta** hacer selfis / autorretratos / autofotos.」（我喜歡自拍。）

2.2.Escucha y repite. MP3-154

¡A aprender! 西語句型，一用就會！

★ A: ¿Qué te gusta? 妳喜歡什麼？

B: Me gusta esa bufanda azul. 我喜歡那條藍色圍巾。

Me gustan estos zapatos negros. 我喜歡這些黑色鞋子。

小提醒 請搭配 Lección 6 4.1. 的單字，說出更多西班牙語句子。

★ A: ¿Qué te gusta hacer en tu tiempo libre? 妳有空的時候喜歡做什麼？

B: Me gusta salir con mis amigos. 我喜歡和我的朋友們出去。

conversar	交談	tocar la guitarra	彈吉他
ver exposiciones	看展覽	cantar canciones	唱歌
escuchar música	聽音樂	usar la tableta	使用平板電腦

2.3. Escucha y lee. MP3-155

¡A practicar! 西語口語，一說就通！

A: ¿Puedo hacerte algunas preguntas?

B: Sí, claro.

A: ¿Qué deporte te gusta?

B: Me gusta el tenis.

A: ¿Qué color te gusta?

B: Me gusta el rojo.

A: ¿Qué número te gusta?

B: Me gusta el diez.

A: ¿Qué tipo de música te gusta?

B: Me gusta la música salsa.

A: ¿Qué fruta te gusta?

B: Me gustan las manzanas.

A: ¿Qué tipo de películas te gustan?

B: Me gustan las películas de terror.

A: ¿Qué día de la semana te gusta más?

B: Me gusta el sábado.

A: ¿Qué te gusta hacer en tu tiempo libre?

B: Me gusta tocar la guitarra.

2.4. Lee y recuerda.

¡A entender la gramática! 西語文法，一學就懂！

A: Me gusta(n). 我喜歡。	B: A mí también. 我也喜歡。	A: Me gusta(n). 我喜歡。	B: A mí no. 我不喜歡。

A: No me gusta(n). 我不喜歡。	B:A mí tampoco. 我也不喜歡。	A: No me gusta(n). 我不喜歡。	B: A mí sí. 我喜歡。

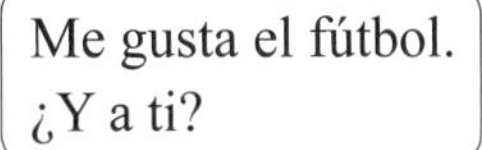

Me gusta el fútbol. ¿Y a ti?

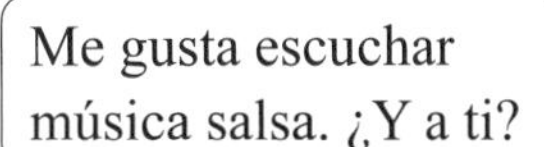

Me gusta escuchar música salsa. ¿Y a ti?

A mí tampoco.
No me gusta cocinar.

No me gustan los mangos. ¿Y a ti?

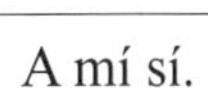

Me encanta.
我熱愛。（我超級喜歡。）

Me gusta mucho.
我非常喜歡。

Me gusta.
我喜歡。

No me gusta mucho.
我不是很喜歡。

No me gusta.
我不喜歡。

No me gusta nada.
我一點也不喜歡。

2.5. Escucha y lee. MP3-156

¡A practicar! 西語口語，一說就通！

A: Me gusta este bolso. ¿Y a ti?
B: A mí también. / A mí no.

A: No me gustan estas gafas. ¿Y a ti?
B: A mí sí. / A mí tampoco.

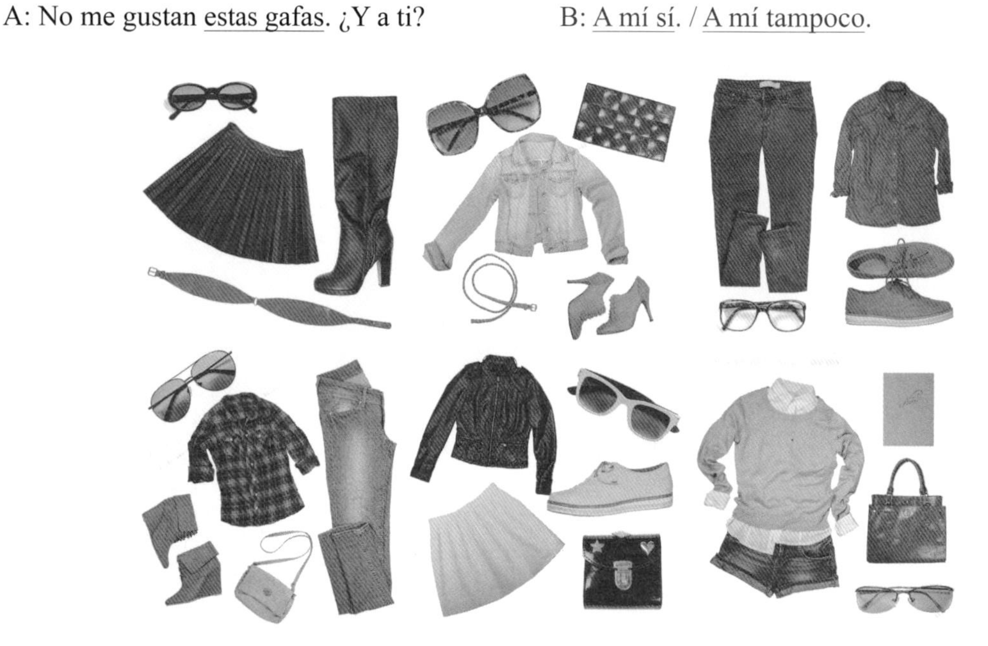

2.6. Lee y recuerda.

¡A entender la gramática! 西語文法，一學就懂！

Lo que más me gusta de （我最喜歡的）	＋ 地方／活動	＋ **es**（是）	＋ 名詞（單數） ＋ 動詞不定式（原形動詞）
Lo que menos me gusta de （我最不喜歡的）		＋ **es que**（是）	＋ 句子

小提醒 **son**（是）＋名詞（複數）。

2.7. Escucha y lee. MP3-157

¡A practicar! 西語口語，一說就通！

★ A: ¿Qué es **lo que más te gusta** de la universidad / tu trabajo / tu barrio ?
妳最喜歡大學 / 妳的工作 / 妳的街區的是什麼？

B: **Lo que más me gusta** de la universidad **es** el gimnasio.
我最喜歡大學的是健身房。

B: **Lo que más me gusta** de mi trabajo **es** conversar con los clientes.
我最喜歡我的工作的是與顧客交談。

B: **Lo que más me gusta** de mi barrio **es que** la gente es muy simpática.
我最喜歡我的街區的是人們非常友善。

★ A: ¿Qué es **lo que menos te gusta** de tu apartamento / tu barrio?
妳最不喜歡妳的公寓 / 妳的街區的是什麼？

B: **Lo que menos me gusta** de mi apartamento **es** el baño.
我最不喜歡我的公寓的是浴室。

B: **Lo que menos me gusta** de mi barrio **es que** está bastante lejos de la universidad.
我最不喜歡我的街區的是它離大學相當遠。

2.8. Practica con tu compañero. MP3-158

¿Qué es lo que más te gusta de la universidad?
¿Qué es lo que más te gusta de tu trabajo?
¿Qué es lo que más te gusta de tu barrio?
¿Qué es lo que más te gusta de mí?
Lo que más me gusta de la universidad es…
Lo que más me gusta de mi trabajo es…
Lo que más me gusta de mi barrio es…
Lo que más me gusta de ti es…

3. Bailar
跳舞

3.1. Escucha y repite. MP3-159

¡A aprender! 西語句型，一用就會！

Gerardo baila con su novia en la discoteca. Gerardo 在舞廳跟他的女友跳舞。

Carmen baila flamenco. Carmen 跳佛朗明哥舞。

3.2. Escucha y lee. MP3-160

¡A practicar! 西語口語，一說就通！

A: ¿Qué vas a hacer este sábado por la noche?

B: Yo voy a bailar en la discoteca.

A: ¿Con quién vas a bailar?

B: Yo voy a bailar con unos amigos. ¿Quieres venir con nosotros ?

A: No, gracias. Yo voy a cenar con mis ex compañeros de universidad.

小提醒 「venir」（來）、「ex compañero de universidad」（以前大學同學）。

4. Viajar
旅行

4.1. Escucha y repite. MP3-161

¡A aprender! 西語句型，一用就會！

★ A: ¿A dónde viajas? 妳去哪裡旅行？

B: Yo viajo a México. 我去墨西哥旅行。

★ A: ¿Cómo es la ciudad? 城市如何呢？

B: Pienso que es una ciudad moderna. 我認為那是一座現代化的城市。

antigua	古老的	famosa	有名的
limpia	乾淨的	aburrida	無聊的
turística	觀光的	segura	安全的
divertida	有趣的	tranquila	安靜的
peligrosa	危險的	cosmopolita	國際大都會的（陽性、陰性相同）

小提醒 上述關於城市的描述都是陰性形容詞，當您使用相同形容詞來搭配陽性主詞或名詞時，記得把形容詞字尾字母從「**a**」改為字母「**o**」，例如：「barrio antiguo」（古老的街區）。

★ A: ¿Dónde está México? 墨西哥在哪裡？

B: México está al noroeste de Guatemala. 墨西哥位於瓜地馬拉的西北部。

4.2. Escucha y lee. MP3-162

¡A aprender! 西語句型，一用就會！

A: ¿Dónde está Taipéi? **B: Taipéi está en el norte de Taiwán.**

noroeste 西北 norte 北 noreste 東北

oeste 西

este 東

suroeste 西南 sur 南 sureste 東南

4.3. Escucha y repite. MP3-163

¡A aprender! 西語句型，一用就會！

★ A: ¿Qué lugares turísticos hay en esta ciudad? 這座城市有什麼觀光的地方呢？

B: En esta ciudad hay un río famoso. 在這個城市有一條著名的河。

monumento	紀念碑	puerto	港口
volcán	火山	castillo	城堡
bosque	森林	lago	湖
palacio	皇宮	desierto	沙漠

B: En este país hay una playa famosa. 在這個國家有一個著名的海灘。

catarata	瀑布	isla	島	plaza	廣場

★ A: ¿Cuántos habitantes tiene? 有多少居民呢？

B: Creo que diez millones aproximadamente. 我覺得大約是一千萬。

4.4. Mira el mapa. Practica con tu compañero. MP3-164

¡A practicar! 西語口語，一說就通！

A: ¿A dónde viajas?

B: Yo viajo a Colombia.

A: ¿Dónde está Colombia?

B: Colombia está al oeste de Venezuela.

A: ¿Cuántos habitantes tiene?

B: Creo que unos cincuenta millones.

A: ¿Cómo se llama la capital?

B: Bogotá.

A: ¿Dónde está Bogotá?

B: Bogotá está en el centro de Colombia.

A: ¿Cómo es la ciudad?

B: Pienso que es grande y turística.

A: ¿Qué lugares turísticos hay en este país?

B: En Colombia hay muchos museos famosos.

País	Habitantes
Argentina	44 938 000
Bolivia	11 383 000
Colombia	50 372 000
Chile	19 107 000
Ecuador	17 300 000
Perú	32 913 000
Paraguay	7 152 000
Uruguay	3 529 000
Venezuela	28 067 000

5. Necesitar
需要

5.1. Escucha y repite. MP3-165

¡A aprender! 西語句型，一用就會！

❖說明需要某物。句型：【**necesitar** ＋ 名詞】

A: ¿Qué necesitas cuando viajas a otro país?
妳到另一個國家旅行時需要什麼？

B: Yo **necesito** el pasaporte vigente.
我需要有效期限內的護照。

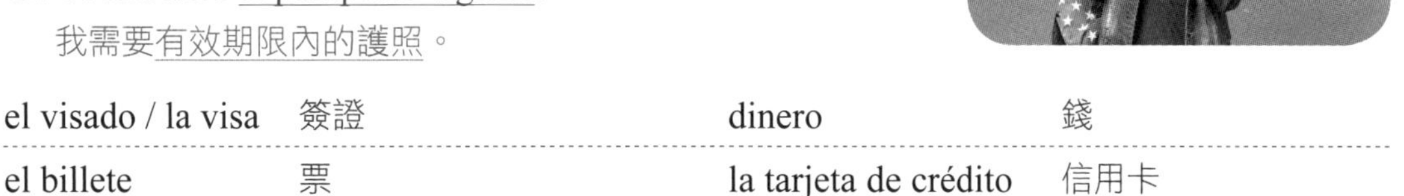

el visado / la visa	簽證	dinero	錢
el billete	票	la tarjeta de crédito	信用卡

❖表達需要做某事。句型：【**necesitar** ＋ 動詞不定式（原形動詞）】

A: ¿Qué necesitas hacer antes de viajar a otro país? 妳去另一個國家旅行之前需要做什麼？

B: Yo **necesito comprar** un seguro de viaje. 我需要購買旅遊保險。

preparar el itinerario	準備行程表	cambiar dinero	兌換外幣
comprar el billete de avión	買機票	reservar el hotel	預約飯店
solicitar el visado	申請簽證	preparar la maleta	準備行李

5.2. Lee y recuerda.

¡A entender la gramática! 西語文法，一學就懂！

El uso de cuando「cuando」的用法

❖表示習慣性的動作。句型：【**cuando** ＋ 陳述式現在時 】

例句：「Yo escucho música **cuando** estudio.」（當我讀書時，我聽音樂。）

例句：「Yo compro unos recuerdos **cuando** viajo a otro país.」
（當我到另一個國家旅行時，我買一些紀念品。）

5.3. Escucha y lee. MP3-166

¡A practicar! 西語口語，一說就通！

A: ¿Qué vas a hacer en las vacaciones de verano?

B: Yo voy a viajar a Nicaragua.

A: ¿Ya tienes todo listo?

B: No. Todavía necesito preparar algunas cosas.

A: ¿Qué necesitas hacer?

B: Yo necesito solicitar el visado y reservar el hotel.

1. ¿Qué necesitas preparar antes de viajar?
2. Yo necesito preparar el visado.
3. ¿Dónde puedes solicitar el visado?
4. Yo necesito ir a la Embajada.

6. Querer
想要

6.1. Escucha y repite. MP3-167

¡A aprender! 西語句型，一用就會！

❖說明想要某物。句型：【**querer** ＋ 名詞】

例句：「Yo **quiero** un traje azul.」（我想要一件藍色西裝。）

小提醒 請搭配 Lección 6 4.1. 及 6.1. 的單字，說出更多西班牙語句子。

❖表達想要做某事。句型：【**querer** ＋ 動詞不定式（原形動詞）】

例句：「Yo **quiero** ver una película de aventuras.」（我想要看一部冒險電影。）

小提醒 請搭配 Lección 5 8.1. 的單字，說出更多西班牙語句子。

6.2. Escucha y lee. MP3-168

¡A practicar! 西語口語，一說就通！

A: ¿Quieres salir?

B: Vale. ¿A dónde vamos?

A: Yo quiero ir al centro comercial.

B: ¿Qué quieres comprar?

A: Yo quiero comprar un regalo para mi abuela.

7. Preferir
更喜歡 / 更喜愛

7.1. Escucha y repite. MP3-169

¡A aprender! 西語句型，一用就會！

★ A: ¿Cuál excursión prefieres? 妳更喜歡哪個旅遊行程？

B: Yo prefiero esta excursión. Pienso que es más interesante.
我更喜歡這個旅遊行程。我認為更有趣。

★ A: ¿Deseas cenar en casa?
妳想在家吃晚餐嗎？

B: No, yo prefiero cenar fuera.
不想，我更喜歡出去吃晚餐。

7.2. Escucha y lee. MP3-170

¡A practicar! 西語口語，一說就通！

A: Las vacaciones de verano empiezan mañana.
¿A dónde quieres ir?

B: Yo prefiero ir a la playa.

A: ¡Buena idea! ¿Qué medios de transporte prefieres tomar?

B: Yo prefiero el metro porque es más rápido.

A: Vale. En Playa Hermosa hay muchos restaurantes. ¿Qué tipo de comida prefieres?

B: Yo prefiero la comida tradicional.

A: De acuerdo. ¿Quieres tomar una excursión a la Isla Tortuga?

B: No. Yo prefiero la excursión a la Isla de Los Gatos.
Pienso que es más interesante.

8. Mi deporte preferido
我喜愛的運動

8.1. Mira.

jugar 玩 / 打球
montar en bici 騎腳踏車
correr 跑步
nadar 游泳

8.2. Lee y recuerda.

¡A entender la gramática! 西語文法，一學就懂！

Presente de indicativo: verbos regulares 陳述式現在時：規則動詞

	nadar	montar	correr	jugar （不規則動詞）
yo	nado	monto	corro	juego
tú	nadas	montas	corres	juegas
él / ella / usted	nada	monta	corre	juega
nosotros / nosotras	nadamos	montamos	corremos	jugamos
vosotros / vosotras	nadáis	montáis	corréis	jugáis
ellos / ellas / ustedes	nadan	montan	corren	juegan

9. Jugar
玩 / 打球

9.1. Escucha y repite. MP3-171

¡A aprender! 西語句型，一用就會！

★ A: ¿Qué haces todos los fines de semana? 妳每個週末做什麼？

B: Yo juego al béisbol todos los fines de semana. 我每個週末打棒球。

baloncesto	籃球	tenis	網球
fútbol	足球	voleibol	排球
bádminton	羽毛球	balonmano	手球
golf	高爾夫球	ajedrez	西洋棋

★ A: ¿Dónde jugáis al baloncesto?
你們在哪裡打籃球？

B: Jugamos al baloncesto en la cancha de la universidad.
我們在大學的球場打籃球。

9.2. Escucha y lee. MP3-172

¡A practicar! 西語口語，一說就通！

A: ¿Qué haces todos los fines de semana?

B: Yo juego al tenis con mis amigos.

A: ¿Dónde jugáis al tenis?

B: Jugamos en la cancha de la universidad.
¿Quieres jugar con nosotros?

A: Es que yo no sé jugar al tenis.

B: ¡No te preocupes! Yo te enseño.

10. Montar
騎

10.1. Escucha y repite. MP3-173

¡A aprender! 西語句型，一用就會！

Yo monto en bicicleta todos los fines de semana. 我每個週末騎腳踏車。

en motocicleta	機車	a caballo	馬

10.2. Escucha y lee. MP3-174

¡A practicar! 西語口語，一說就通！

A: ¿Qué te gusta hacer en tu tiempo libre?

B: Me gusta montar en bicicleta.

A: ¿Con quién montas en bicicleta?

B: Yo monto en bicicleta con mis hermanos.
¿Quieres venir con nosotros la próxima semana?

A: Vale.

11. Correr
跑步

11.1. Escucha y repite. MP3-175

¡A aprender! 西語句型，一用就會！

A: ¿Cuántas horas corres todos los días? 妳每天跑步幾個小時？

B: Yo corro alrededor de dos horas. 我跑步大約二個小時。

dos horas más o menos	大約二個小時
dos horas aproximadamente	大約二個小時

11.2. Escucha y lee. MP3-176

¡A practicar! 西語口語，一說就通！

A: ¿Qué deporte practicas?

B: Me gusta correr con mis amigos.

A: ¿Dónde corréis?

B: Nosotros corremos en el parque.

A: ¿Cuántas horas corréis?

B: Nosotros corremos dos horas aproximadamente.

12. Nadar
游泳

12.1. Escucha y repite.  MP3-177

¡A aprender! 西語句型，一用就會！

Yo nado en la piscina todas las tardes. 我每天下午在游泳池游泳。

12.2. Escucha y repite. MP3-178

¡A practicar! 西語口語，一說就通！

A: ¿Qué haces todos los domingos por la mañana?

B: Yo nado con mis compañeros.

A: ¿Dónde nadáis?

B: Nosotros nadamos en una piscina que está cerca de mi casa.

13. ¡Viajando alrededor de Perú!
環遊秘魯

13.1. Lee y recuerda.

¡Vamos a viajar! 用西語去旅行！

República del Perú（秘魯共和國）是南美洲第三大國，Inca（印加）帝國的發展中心，超過 40% 的人口是原住民。

首都 Lima（利馬）是西班牙殖民拉丁美洲時的統治中心，留下許多值得造訪的廣場、古教堂與建築。位於利馬北方的 Chan Chan（昌昌）遺跡，是當地原住民建造的世界最大泥磚城。您可以搭飛機俯瞰位於利馬南方的 líneas de Nasca（納斯卡線），讚嘆二千多年前原住民留下的各種神祕線條。

第二大城 Arequipa（阿雷基帕），四周環繞著活火山、世界最深的峽谷、高海拔沙漠，亦是您前往庫斯科與馬丘比丘的中繼站。Cuzco（庫斯科）是昔日印加帝國的首都，住在這裡的原住民至今依舊通行 Quechua（克丘亞語），許多殖民時期的教堂與建築物建立在印加人開闢的石基之上。

舉世聞名的 Machu Picchu（馬丘比丘）座落在陡峭的山巔，可以走印加古道或從庫斯科搭乘公車或火車抵達。Lago Titicaca（的的喀喀湖）座落在秘魯與玻利維亞兩國的邊境，位於海拔 4,000 公尺的高地，傳說這裡是印加文明的誕生地，您可以在這裡欣賞以蘆葦編織成的浮島和船，以及迷人的景致。

Cuzco

Lago Titicaca

¡Vamos a escribir!
一起來寫西語吧！

1. Mira la foto. Escribe sobre el deporte preferido de tres personas. Ejemplo:

Él es mi amigo Ramón. A Ramón le gusta mucho el fútbol. Él juega al fútbol con sus amigos todos los sábados por la tarde. Creo que ellos juegan en la cancha de la universidad. Ellos juegan dos horas aproximadamente. Pienso que ellos juegan muy bien.

Cristian Isabel Ramón Jesús Esteban Silvia Ricardo Luis Pablo Pedro Marcos

____

____

____

____

____

____

____

____

____

____

Hecho por: ______________________________

¡Vamos a conversar!
一起來說西語吧！

Hablando sobre las vacaciones de verano 談論暑假 MP3-179

A: ¿A dónde viajas en las vacaciones de verano?

B: Pienso ir a Perú.

A: ¿Dónde está Perú?

B: Perú está al noroeste de Chile.

A: ¿Cuál es la capital?

B: La capital se llama Lima.

A: ¿Qué es lo que más te gusta de Perú?

B: Lo que más me gusta es la comida. Pero en realidad, también me encantan sus costumbres y tradiciones. Además, en Perú hay muchos lugares turísticos.

A: ¿De verdad? ¿Qué lugares turísticos hay?

B: Pues, las líneas de Nasca, Machu Picchu y el Lago Titicaca.

A: ¿Qué necesitas preparar para el viaje?

B: Necesito solicitar el visado, reservar los hoteles y preparar el itinerario. Y tú, ¿qué vas a hacer en vacaciones?

A: Yo empiezo a trabajar la próxima semana.

B: ¿Qué vas a hacer los fines de semana?

A: Yo voy a bailar el viernes por la noche. Pienso montar en bicicleta los sábados. Creo que voy a jugar al baloncesto con mis amigos los domingos.

12 *El fin de semana* 在週末時

1. Actividades 活動

1.1. Mira.

- ir 去
- pasear 步行 / 散步
- quedarse en casa 留在家裡
- quedar con alguien 和某人相約
- cocinar 做飯 / 烹調
- lavar la ropa 洗衣服
- limpiar 打掃 / 清潔
- hacer la compra 日常採買

1.2. Lee y recuerda.

¡A entender la gramática! 西語文法，一學就懂！

Presente de indicativo: verbos regulares 陳述式現在時：規則動詞

	cocinar	lavar	limpiar	pasear	quedar
yo	cocino	lavo	limpio	paseo	quedo
tú	cocinas	lavas	limpias	paseas	quedas
él / ella / usted	cocina	lava	limpia	pasea	queda

nosotros / nosotras	cocin**amos**	lav**amos**	limpi**amos**	pase**amos**	qued**amos**
vosotros / vosotras	cocin**áis**	lav**áis**	limpi**áis**	pase**áis**	qued**áis**
ellos / ellas / ustedes	cocin**an**	lav**an**	limpi**an**	pase**an**	qued**an**

Presente de indicativo: verbos irregulares 陳述式現在時：不規則動詞

	ir	hacer	qued**ar**se （反身動詞）	venir
yo	**voy**	hago	**me** quedo	vengo
tú	**vas**	haces	**te** quedas	vienes
él / ella / usted	**va**	hace	**se** queda	viene
nosotros / nosotras	**vamos**	hacemos	**nos** quedamos	venimos
vosotros / vosotras	**vais**	hacéis	**os** quedáis	venís
ellos / ellas / ustedes	**van**	hacen	**se** quedan	vienen

2. Ir
去

2.1. Lee y recuerda.

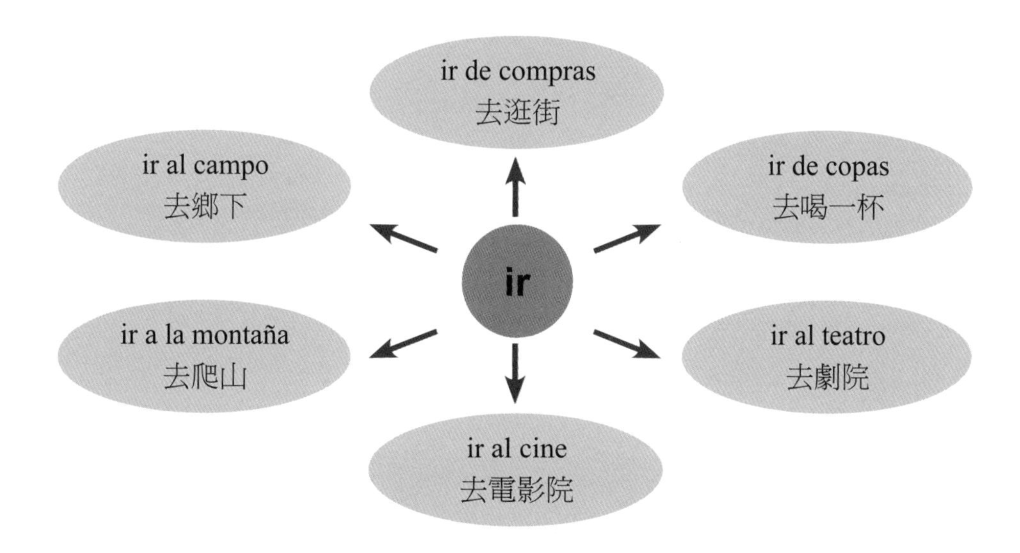

3. Ir de compras
去逛街

3.1. Escucha y repite. MP3-180

¡A aprender! 西語句型，一用就會！

★ A: ¿A dónde vas de compras? 妳去哪裡逛街？

B: Yo voy de compras a la tienda de departamentos. 我去百貨公司逛街。

los grandes almacenes	百貨公司
el centro comercial	購物中心
las boutiques	精品店
los mercadillos callejeros	街頭市場
el mercado nocturno	夜市

★ A: ¿Qué vas a comprar? 妳將要買什麼？

B: Yo voy a comprar un regalo para mi papá. 我將要買一個禮物給我的爸爸。

3.2. Escucha y lee. MP3-181

¡A practicar! 西語口語，一說就通！

A: ¡Hola! ¡Cuánto tiempo sin verte! ¿A dónde vas?

B: Yo voy de compras.

A: ¿A dónde vas de compras?

B: Yo voy de compras al centro comercial. ¿Quieres ir?

A: Sí, claro. ¿Qué vas a comprar?

B: Yo voy a comprar un regalo para mi mamá.

4. Ir de copas
去喝一杯

4.1. Escucha y lee. MP3-182

¡A practicar! 西語口語，一說就通！

A: ¿Qué haces los viernes por la noche? 妳在星期五晚上做什麼？

B: Yo voy de copas. 我去喝一杯。

A: ¿Con quién vas de copas? 妳和誰一起去喝一杯？

B: Yo voy de copas con mis compañeros de oficina. 我和我的辦公室同事去喝一杯。

5. Ir al teatro
去劇院

5.1. Escucha y repite. MP3-183

¡A aprender! 西語句型，一用就會！

A: ¿Qué obra de teatro vas a ver? 妳將會去看什麼戲劇表演？

B: Yo voy a ver Don Quijote de la Mancha. 我將會去看從曼查來的唐吉訶德。

una comedia	喜劇	un musical	歌舞劇
un concierto	音樂會	una obra infantil	兒童劇

5.2. Escucha y lee. MP3-184

¡A practicar! 西語口語，一說就通！

A: ¿Qué vas a hacer el fin de semana?

B: Yo voy al teatro.

A: ¿Qué vas a ver?

B: Yo voy a ver una comedia. Y tú, ¿qué vas a hacer?

A: Yo voy de compras con mi hermana.

6. Ir al cine
去電影院

6.1. Escucha y lee. MP3-185

¡A practicar! 西語口語，一說就通！

A: ¿A dónde vas?

B: Yo voy al cine con mi novio.

A: ¿Qué tipo de película vais a ver?

B: Vamos a ver una película de aventuras.

A: ¿Cuánto cuesta la entrada?

B: Hoy es dos por uno.

A: ¿Dos por uno?

B: Sí. Recibes dos entradas y pagas sólo una.

小提醒 請搭配 Lección 5 8.1. 的單字，說出更多西班牙語句子。

7. Ir a la montaña
去爬山 / 去登山

7.1. Escucha y lee. MP3-186

¡A practicar! 西語口語，一說就通！

A: ¿Qué te gusta hacer en tu tiempo libre?
妳有空的時候喜歡做什麼？

B: Me gusta ir a la montaña. 我喜歡爬山。

A: ¿Cada cuánto vas a la montaña?
妳多久去一次爬山？

B: Yo voy una vez al mes. 我一個月去一次。

7.2. Lee y recuerda.

¡A entender la gramática! 西語文法，一學就懂！

Adverbios de frecuencia 頻率副詞

❖表達多久一次 。

句型：【**una vez** ＋ 時間（al día / a la semana / por semana / al mes / al año）】

A: ¿Cada cuánto va al cine tu hermano? 妳哥哥多久去看一次電影？

B: Mi hermano va al cine **una vez** por semana. 我哥哥一週去看一次電影。

❖表達多久二次以上。

句型：【**veces** ＋ 時間（al día / a la semana / por semana / al mes / al año）】

A: ¿Cuántas veces al año vas a la montaña? 妳一年去爬幾次山？

B: Yo voy a la montaña **dos veces** al mes. 我一個月去爬兩次山。

A: ¿Con qué frecuencia viajas a España? 妳多久去一次西班牙？

B: Yo viajo a España **ocho veces** al año. 我每年去八次西班牙。

Adverbio de lugar 地方副詞

allí / allá 那裡	**ahí** 那裡	**aquí / acá** 這裡
（離說話者很遠）	（離說話者稍遠）	（離說話者近）

8. Ir al campo
去鄉下

8.1. Escucha y lee. MP3-187

¡A practicar! 西語口語，一說就通！

A: ¿Qué vas a hacer este sábado? 妳這個星期六打算做什麼？

B: Yo voy al campo. 我去鄉下。

A: ¿Cuántas veces al año vas al campo? 妳一年去幾次鄉下？

B: Yo voy al campo cuatro veces al año. 我一年去鄉下四次。

A: ¿Qué haces allí? 妳在那裡做什麼？

B: Yo paseo con mi familia. 我和我的家人一起散步。

8.2. Practica con tu compañero. MP3-188

Los miembros del club Amigos quieren salir este fin de semana.

Cada persona piensa en un lugar y responde a las preguntas de sus compañeros.

Preguntas	Respuesta
1. ¿A dónde quieres ir?	Yo quiero ir al campo.
2. ¿Qué medios de transporte vas a tomar?	Yo voy a tomar el autobús.
3. ¿Qué haces allí?	Yo juego al voleibol / hago fotos / compro ropa / veo una exposición / bailo / canto.
4. ¿Cuánto cuesta el billete?	Cuesta diez euros. / Es gratis.
5. ¿Cada cuánto vas?	Yo voy dos veces al mes.
6. ¿Por qué quieres ir?	Pienso que es divertido.

9. Pasear
步行 / 散步

9.1. Escucha y lee. MP3-189

¡A aprender! 西語句型，一用就會！

Yo paseo por el parque con mi familia. 我和我的家人一起在公園散步。

la ciudad	城市	el campo	鄉下
la playa	海灘	la feria	市集

9.2. Escucha y lee. MP3-190

¡A practicar! 西語口語，一說就通！

A: ¿Qué haces los domingos por la mañana?

B: Yo paseo con mi familia.

A: ¿A dónde vais?

B: Paseamos por el parque.

10. Quedarse en casa
留在家裡

10.1. Escucha y repite. MP3-191

¡A aprender! 西語句型，一用就會！

★ A: ¿Qué haces todos los viernes por la noche? 妳每個星期五晚上做什麼？

B: Yo me quedo en casa. 我留在家裡。

★ A: ¿Qué vas a hacer este fin de semana? 妳這個週末將要做什麼？

B: Yo voy a quedarme en casa. 我將要留在家裡。

10.2. Escucha y lee. MP3-192

¡A practicar! 西語口語，一說就通！

A: ¿Quieres salir este fin de semana?

B: No puedo. Tengo que quedarme en casa.

A: ¿Qué tienes que hacer?

B: Necesito terminar un reporte y estudiar para el examen de la próxima semana.

A : Vale. ¡Buena suerte!

11. Quedar con amigos
和朋友相約

11.1. Escucha y repite. MP3-193

¡A aprender! 西語句型，一用就會！

★ A: ¿Quedamos este fin de semana? 我們約這個週末嗎？

B: Perdón, tengo una reunión con mi jefe. 對不起，我和我的老闆有一個會議。

★ A: ¿Cómo quedamos? 我們怎麼約？

B: Quedamos a las nueve en la entrada del museo. 我們約九點在博物館入口。

11.2. Escucha y lee. MP3-194

¡A practicar! 西語口語，一說就通！

A: ¿Tienes algún plan para este sábado?

B: Todavía no.

A: ¿Quieres ir a la playa?

B: Buena idea. ¿A qué hora quedamos?

A: A las ocho de la mañana.

B: ¿Dónde quedamos?

A: En la entrada principal de la estación de autobuses.

12. Cocinar
做飯 / 烹調

12.1. Escucha y repite. MP3-195

¡A aprender! 西語句型，一用就會！

★ A: ¿Sabes cocinar? 妳會做飯嗎？
B: Sí, un poco. 會，會一點。

★ Mi hermana cocina todos los días.
我的姊姊每天做飯。

12.2. Escucha y lee. MP3-196

¡A practicar! 西語口語，一說就通！

A: ¿Sabes cocinar? B: Sí, un poco. / No.

A: ¿Quién cocina en tu casa? B: Mi abuela cocina todos los días.

A: ¿Qué cocina? B: Normalmente, ella cocina arroz, verduras y carne.

小提醒 請搭配 Lección 9 11.1. 的單字，說出更多西班牙語句子。

13. Lavar la ropa
洗衣服

13.1. Escucha y lee. MP3-197

¡A practicar! 西語口語，一說就通！

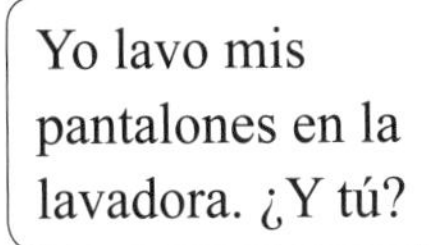

Yo lavo mis pantalones en la lavadora. ¿Y tú?

Yo lavo mis camisetas a mano.

A: ¿Qué tienes en esta caja? 箱子裡裝什麼？

B: Mi ropa sucia. 我的髒衣服。

Es que yo lavo mi ropa una vez a la semana. 是因為我一週洗一次衣服。

A: ¿Dónde lavas tu ropa? 妳在哪裡洗妳的衣服？

B: Yo lavo mi ropa en la lavandería. 我在洗衣店洗我的衣服。

Y tú, ¿dónde lavas tu ropa? 你呢，你在哪裡洗你的衣服？

A: Yo lavo mi ropa en mi casa. 我在我家洗我的衣服。

B: ¿Tienes lavadora? 你有洗衣機嗎？

A: No, yo lavo la ropa a mano. 沒有，我手洗衣服。

14. Limpiar
打掃／清潔

14.1. Escucha y lee. MP3-198

¡A practicar! 西語口語，一說就通！

A: ¿Quieres ir al cine este jueves? 妳星期四想要去看電影嗎？

B: No puedo. Tengo que limpiar mi apartamento.
我不行。我必須打掃我的公寓。

A: Tú puedes limpiar el apartamento el fin de semana.
妳可以週末再打掃公寓。

B: Es que mi papá va a venir el viernes.
是因為我的爸爸星期五要來。

小提醒 「venir」（來）

15. Hacer la compra
日常採買

15.1. Escucha y lee.  MP3-199

¡A practicar! 西語口語，一說就通！

Yo compro tres rollos de papel higiénico. 我買三捲筒衛生紙。

un cepillo de dientes	牙刷	un champú	洗髮乳
un jabón	香皂	una pasta de dientes	牙膏
un acondicionador	潤髮乳	un gel de ducha	沐浴乳

15.2. Escucha y lee.  MP3-200

¡A practicar! 西語口語，一說就通！

A: ¿Cuándo haces la compra?

B: Yo hago la compra todos los domingos.

A: ¿Con quién vas?

B: Yo voy con mi esposo y mi hija.

A: ¿Qué compras normalmente?

B: Yo compro muchas cosas. Por ejemplo: frutas, verduras, carne y pan.

16. El fin de semana
在週末時

1. ¿Qué tienes que hacer?
2. Yo tengo que lavar mi ropa.
3. ¿Qué quieres hacer?
4. Yo quiero ir al cine.

16.1. Practica con tu compañero.

	¿Qué ?	¿Cuándo ?	¿Dónde ?	¿Cómo ?
Obligaciones:	Yo tengo que			
lavar	*mi ropa*	*sábado*	*lavandería*	
lavar				
cocinar				
limpiar				
hacer la compra				
Deseos:	Yo quiero			
ir al cine	*romántica*	*domingo*		*metro*
ir al cine				
ir al campo				
ir a la playa				
ir de compras				

16.2. Pregunta a tu compañero. Responde a sus preguntas.

A: ¿Qué tienes que hacer este fin de semana? B: Yo tengo que lavar la ropa.

A: ¿Cuándo lavas la ropa? B: Yo lavo la ropa el sábado por la mañana.

A: ¿Dónde lavas la ropa? B: Yo lavo la ropa en la lavandería.

A: ¿Qué quieres hacer este fin de semana? B: Yo quiero ir al cine.

A: ¿Qué tipo de película quieres ver? B: Yo quiero ver una película romántica.

17. Tomar unas tapas
吃一些西班牙下酒小菜

17.1. Lee y recuerda. MP3-201

¡Vamos a viajar! 用西語去旅行！

大多數西班牙人喜歡在週末跟朋友出門，通常也會一起用餐閒聊。當西班牙人跟您說：「salir de tapeo」、「tapear」或「tomar unas tapas」時，意思就是約您去喝一杯、吃點西班牙下酒小菜。底下是一些有名的西班牙下酒小菜，提供給您參考：

Albóndigas 番茄燉肉丸
Boquerones en vinagre 油醋漬鯷魚
Calamares fritos 炸魷魚
Chorizo 西班牙辣味香腸
Jamón serrano 西班牙生火腿
Pan con tomate 番茄麵包
Patatas bravas 辣味番茄馬鈴薯

Almejas a la marinera 白酒蛤蜊
Buñuelos de bacalao 油炸鱈魚球
Chopitos fritos 炸小烏賊
Ensaladilla rusa 俄羅斯風味沙拉
Morcilla 米血腸
Patatas alioli 馬鈴薯沙拉
Pulpo a la gallega 加利西亞風味章魚

¡Vamos a escribir!
一起來寫西語吧！

ir de compras
ir al teatro
ir a la montaña
pasear
cocinar
limpiar

ir de copas
ir al cine
ir al campo
quedarse en casa
lavar
hacer la compra

1. Escribe una pregunta. Usa los verbos.

2. Haz una oración con cada verbo.

Hecho por:

¡Vamos a conversar!
一起來説西語吧！

Entrevistando a una famosa 採訪一位知名人物 MP3-202

A: Buenos días. Muchas gracias por venir a nuestro programa. Tus admiradores quieren saber muchas cosas sobre tí. ¿Puedo hacerte algunas preguntas?

B: Claro.

A: ¿Qué haces los sábados por la mañana?

B: Me quedo en casa. Normalmente me levanto tarde, lavo la ropa y limpio mi apartamento.

A: ¿Y por la tarde?

B: Salgo con mis amigos. A menudo vamos a la playa.

A: ¿Qué hacéis allí?

B: Pues nadamos, tomamos el sol, paseamos por la playa, hacemos fotos, jugamos al voleibol, cantamos y bailamos.

A: ¿Qué haces por la noche?

B: Normalmente, voy de copas con mis ex compañeros de universidad.

A: ¿A qué hora vuelves a casa?

B: Vuelvo a las dos y media más o menos.

A: ¿Qué haces los domingos?

B: Es un día familiar. Nosotros hacemos la compra por la mañana. Luego vamos a ver alguna exposición o paseamos por la ciudad.

A: Bueno. Esto es todo. Muchas gracias por tu tiempo.

小提醒 「admiradores」（粉絲 / 愛慕者）。

13 *Otras labores en el trabajo* 其他工作事務

1. ¡Español para los negocios! 商務西語，一把罩！

1.1. Lee y recuerda.

¡A entender la gramática! 西語文法，一學就懂！

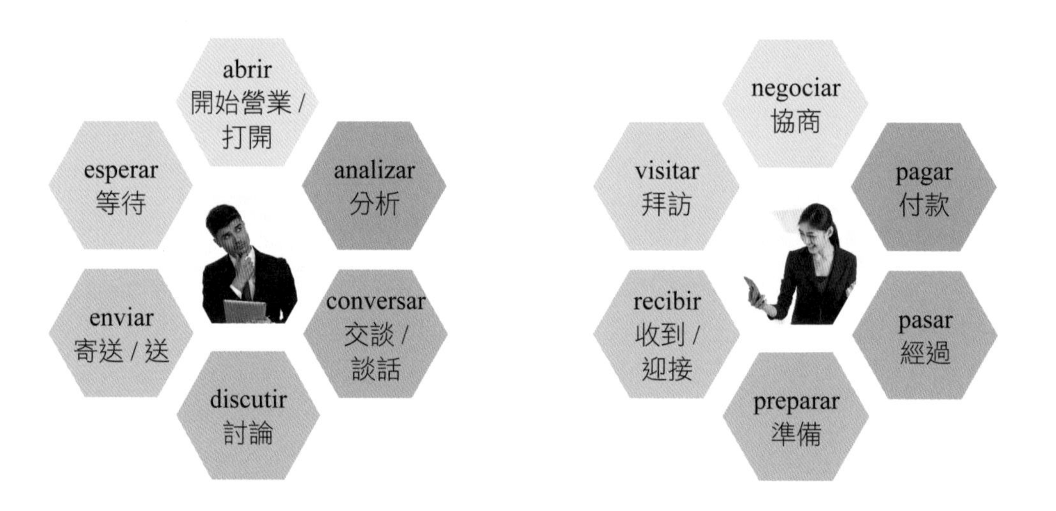

Presente de indicativo: verbos regulares 陳述式現在時：規則動詞

	analizar	conversar	enviar	esperar	negociar	pagar
yo	analizo	converso	envío	espero	negocio	pago
tú	analizas	conversas	envías	esperas	negocias	pagas
él / ella / usted	analiza	conversa	envía	espera	negocia	paga

小提醒 請搭配 Lección 9，說出更多商務西班牙語。

	pasar	preparar	visitar	abrir	discutir	recibir
yo	paso	preparo	visito	abro	discuto	recibo
tú	pasas	preparas	visitas	abres	discutes	recibes
él / ella / usted	pasa	prepara	visita	abre	discute	recibe

1.2. Escucha y repite. MP3-203

¡A aprender! 西語句型，一用就會！

Abrir 開始營業 / 打開

Nuestra compañía abre a las ocho de la mañana. 我們公司早上八點開始營業。

Yo abro la ventana porque tengo mucho calor. 我打開窗戶是因為我很熱。

Analizar 分析

Yo analizo las ventajas y desventajas del puesto de trabajo.
我分析這份工作職位的優缺點。

Yo analizo la propuesta de mi amigo. 我分析我朋友的提案。

Conversar 交談 / 談話

El gerente conversa con los clientes en su oficina. 經理在他的辦公室和客戶談話。

Yo converso con mis compañeros de universidad durante el descanso.
我和我的大學同學在休息期間交談。

Discutir 討論

El arquitecto discute el contrato de cooperación con su jefe.
建築師和他的老闆討論合作合約。

Yo discuto el tema con mi compañero. 我和我的夥伴討論這個話題。

Enviar 寄送 / 送

Yo envío unas muestras a los clientes. 我寄一些樣品給客戶們。

El profesor envía las preguntas por correo electrónico. 教授透過電子郵件寄送問題。

Esperar 等待

Le espero en la recepción del hotel. 我在飯店接待櫃檯等您。

No te preocupes. Yo te espero. 別擔心。我等你。

Negociar 協商

Yo negocio el precio con el vendedor. 我跟賣方協商價格。

El empresario negocia el porcentaje de descuento. 商人談協商折扣的百分比。

Pagar 付款

El cliente paga a finales de este mes. 客戶在這個月底付款。

Yo pago la matrícula de la universidad la próxima semana. 我下週付大學學費。

Pasar 經過

Yo paso por su oficina alrededor de las tres. 我大約三點經過您的辦公室。

Mi hermano pasa por esa tienda todos los días. 我的哥哥每天經過那家店。

Preparar 準備

El asistente prepara el presupuesto para el próximo año. 助理準備明年的預算。

Yo preparo los documentos para la entrevista de trabajo. 我準備工作面試的文件。

Recibir 收到 / 迎接

La recepcionista recibe a los invitados en la entrada. 櫃檯接待在入口處迎接客人。

Yo recibo muchos correos electrónicos todos los días. 我每天收到很多電子郵件。

Visitar 拜訪

El gerente visita a los clientes mexicanos todos los años. 經理每年拜訪墨西哥客戶。

Yo visito a mis amigos en Navidad. 我在聖誕節拜訪我的朋友。

1.3. Lee y recuerda.

¡A entender la gramática! 西語文法，一學就懂！

Presente de indicativo: verbos irregulares 陳述式現在時：不規則動詞

	cerrar	conocer	ofrecer	incluir	hacer	poner
yo	cierro	conozco	ofrezco	incluyo	hago	pongo
tú	cierras	conoces	ofreces	incluyes	haces	pones
él / ella / usted	cierra	conoce	ofrece	incluyes	hace	pone

1.4. Escucha y repite.  MP3-204

¡A aprender! 西語句型，一用就會！

Cerrar 關 / 關門 / 不營業 / 不開放

Nuestra compañía va a cerrar durante los carnavales.
我們公司將在嘉年華（狂歡節）期間關門。

Yo cierro todas las puertas. 我關上所有的門。

Conocer 認識

Mi jefe conoce a los accionistas de esa empresa. 我的老闆認識那家公司的股東們。

Yo no conozco a esa persona. 我不認識那個人。

Hacer 做

Yo hago un pedido al proveedor. 我向供應商下一份訂單。

Yo hago muchas fotos cuando viajo. 我旅行時拍了很多照片。

Incluir 包括

El precio incluye el impuesto de ventas. 價格包括銷售税。

El plato del día incluye el postre. 本日特餐包括甜點。

Ofrecer 提供

Le ofrezco un veinte por ciento de descuento. 我提供給您百分之二十的折扣。

La embajada ofrece becas para ir a estudiar a España.
大使館提供去西班牙學習的獎學金。

Poner 放

Yo pongo los documentos importantes en la caja fuerte.
我把重要文件放在保險箱裡。

Yo pongo el pastel de cumpleaños en la nevera. 我把生日蛋糕放在冰箱裡。

1.5. Lee y recuerda.

¡A entender la gramática! 西語文法，一學就懂！

Complemento 受詞

西班牙語的受詞分為直接受詞與間接受詞：

主詞	直接受詞	間接受詞
yo	**me**	**me**
tú	**te**	**te**
él / usted	**lo**	**le / se**
ella / usted	**la**	**le / se**
nosotros(as)	**nos**	**nos**
vosotros(as)	**os**	**os**
ellos / ustedes	**los**	**les / se**
ellas / ustedes	**las**	**les / se**

用法：

（1）用來代表受到某動詞的動作直接或間接影響的人物或物品。

❖肯定句：【（**me, te, lo, la, le, nos, os, los, las, les**）＋ 動詞】

例句：「El cliente **me escribe un mensaje todos los días.**」
（客人每天寫一個留言給我。）

❖否定句：【**no** ＋（**me, te, lo, la, le, nos, os, los, las, les**）＋ 動詞】

例句：「Yo **no le** hablo.」（我不跟他聊天。）〈le 代表他〉

「Mi hijo **no lo** come.」（我兒子不吃它。）〈lo 代表食物〉

（2）首次提及的第三人稱間接受詞，通常以「le」或「les」與該名詞一起表達出來。

例句：A: ¿Qué **le** compras a tu hermano por internet? 你在網路買什麼給你的弟弟？

B: Yo **le** compro una bicicleta. 我買給他一輛腳踏車。

（3）當受詞放在動詞之前時，先說間接受詞，再說直接受詞。

例句：「**Se lo** vendo a mi compañero de oficina.」（我把它賣給我的同事。）

（4）若同時出現二個動詞，受詞可放在第一個動詞之前；或放在第二個原形動詞後，並寫在一起。

例句：「¿**Me** puede ayudar?」、「¿Puede ayudar**me**?」（您能幫忙我嗎？）

（5）當間接受詞「le、les」碰到「lo、la、los、las」的時候，必須以「se」取代原本的間接受詞「le、les」。

例句：「La secretaria **le** escribe un reporte a su jefe. **Se lo** escribe en español.」
（秘書寫一份報告給老闆。她以西班牙語寫給他。）

14 ¡Vamos a preparar la prueba de expresión e interacción orales del DELE! 一起來準備 DELE 的口語表達與互動測驗吧！

¡A preparar el DELE!

DELE es un certificado que otorga el Instituto Cervantes en nombre del Ministerio de Educación de España para acreditar el nivel de español de una persona. DELE se divide en seis niveles A1, A2, B1, B2, C1 y C2.

Las pruebas constan de cuatro partes:

1. Prueba de comprensión de lectura.
2. Prueba de comprensión auditiva.
3. Prueba de expresión e interacción escritas.
4. Prueba de expresión e interacción orales.

El objetivo de este libro es fortalecer de manera integral la capacidad del estudiante en las áreas de comprensión auditiva, expresión oral, comprensión de lectura y expresión escrita al nivel A1. En esta sección se ejemplificará la prueba de expresión e interacción orales de la prueba DELE.

La Prueba de expresión e interacción oral tarda 15 minutos y está dividida en 4 tareas.

Tarea 1: Usted debe hacer una presentación personal usando los datos que aparecen en la lámina que el entrevistador le muestra. La duración es de 1-2 minutos. Usted puede preparar la tarea con anticipación.

Tarea 2: El entrevistador le enseña una lámina con cinco temas sobre la vida cotidiana. Usted tiene que escoger tres temas y hablar de ellos. La duración es de 2-3 minutos. Usted puede preparar la presentación con anticipación.

Tarea 3: El entrevistador le hace preguntas sobre el tema expuesto. La conversación tarda 3-4 minutos.

Tarea 4: El entrevistador le muestra dos láminas con imágenes. Usted debe responder a las preguntas del entrevistador. Posteriormente, el entrevistador le enseña otras dos láminas con imágenes. Usted tiene que hacer preguntas relacionadas con el tema. Este diálogo tarda 2-3 minutos.

一起來準備 DELE 吧！

DELE 是塞萬提斯學院（Instituto Cervantes）代表西班牙教育部（Ministerio de Educación de España）授予的證書，用來證明個人的西班牙語水準。DELE 分為六個等級：A1、A2、B1、B2、C1 和 C2。

DELE 測驗分為四個部分：

1. 閱讀理解測驗。
2. 聽力理解測驗。
3. 寫作表達與互動測驗。
4. 口語表達與互動測驗。

本書目標為全面提高學生在 A1 等級的聽力理解、口語表達、閱讀理解和寫作表達等方面的能力。本單元將舉例說明 DELE 的口頭表達與互動測驗內容。

口語表達和互動測驗將會進行十五分鐘，並區分為四項測驗任務。

任務 1：您必須運用面試官向您展示的插圖以及插圖上所提供的資料，完成一段自我介紹。時間為一到二分鐘。您可以提前準備。

任務 2：面試官會向您展示一張有五個主題的日常生活插圖。您必須選擇其中三個主題並口頭說明這些主題內容。時間為二到三分鐘。您可以提前準備。

任務 3：面試官會詢問您關於前一項測驗您進行口頭談論主題的相關問題。提問與回答的時間為三到四分鐘。

任務 4：面試官會向您展示二張有圖片的插圖。您必須回答面試官的問題。之後，面試官會向您展示另外二張有圖片的插圖。您必須提出與該主題有關的問題。對話時間為二到三分鐘。

Prueba de expresión e interacción orales
口語表達與互動測驗

TAREA 1: Presentación personal (1-2 minutos)

Haga una presentación personal. 請參考下列六點，並進行 1 ～ 2 分鐘自我介紹。

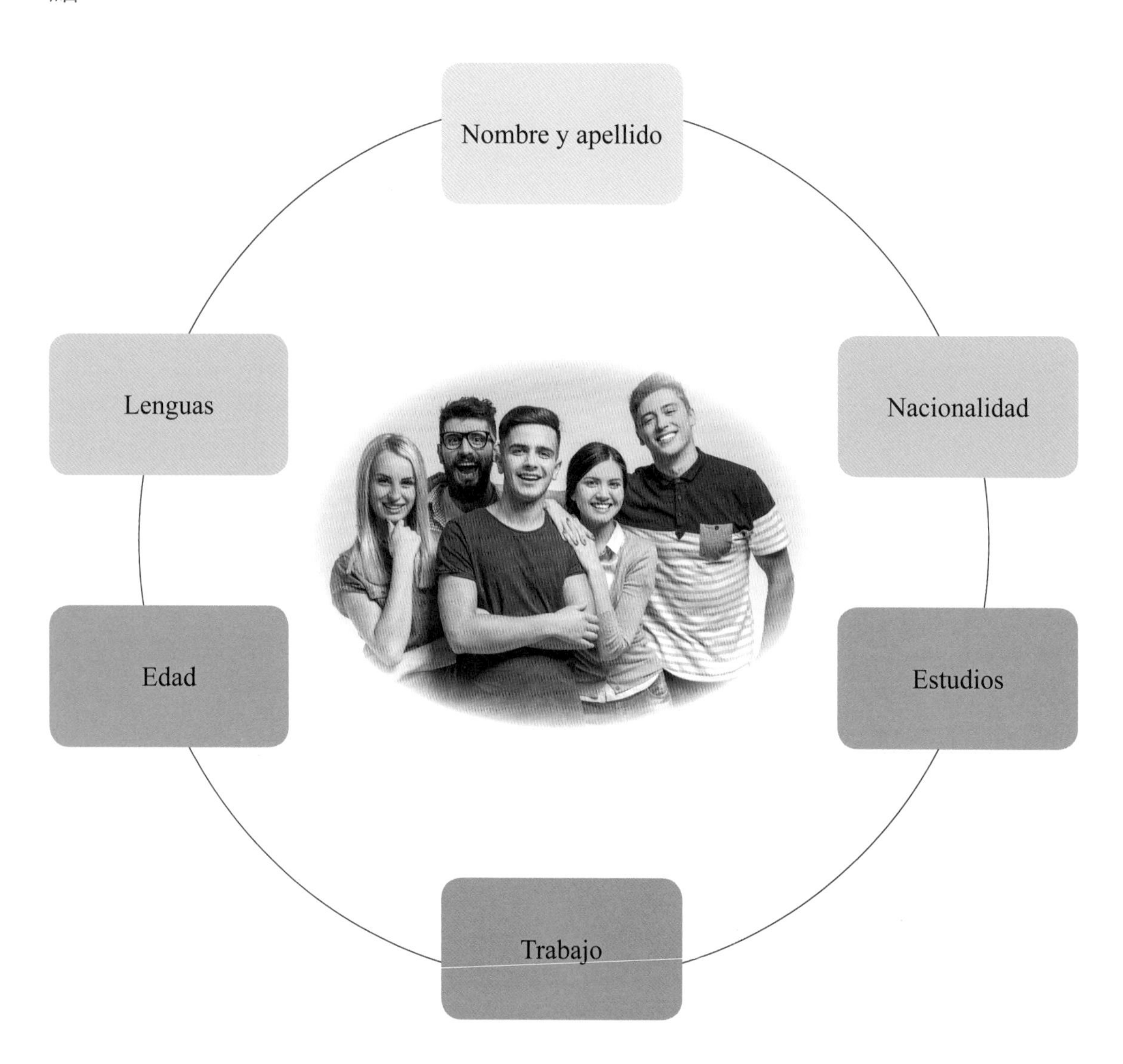

TAREA 2: Exposición de un tema (2-3 minutos)

2.1. Hable sobre los temas. 請從右方欄位選擇三個主題，並進行 2 ～ 3 分鐘口語表達。

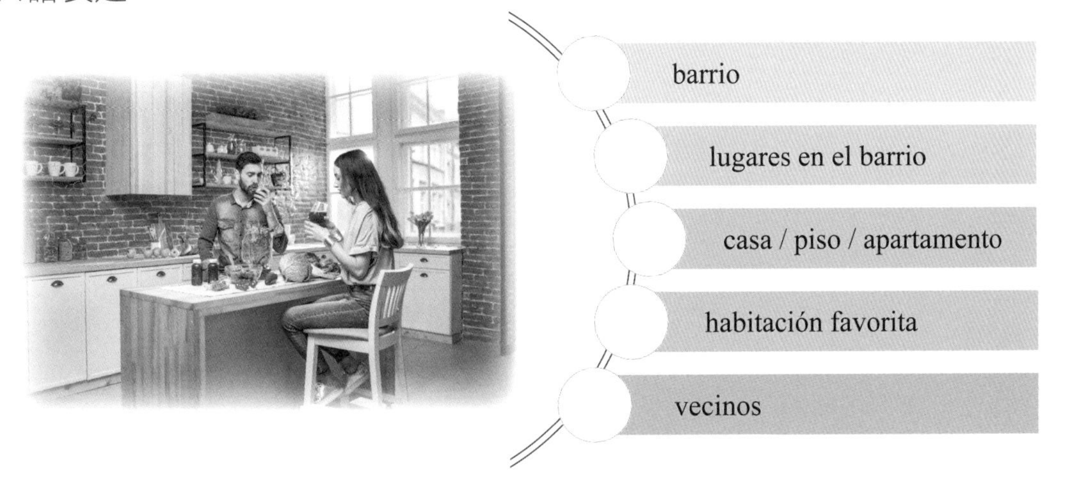

2.2. Hable sobre los temas. 請從右方欄位選擇三個主題，並進行 2~3 分鐘口語表達。

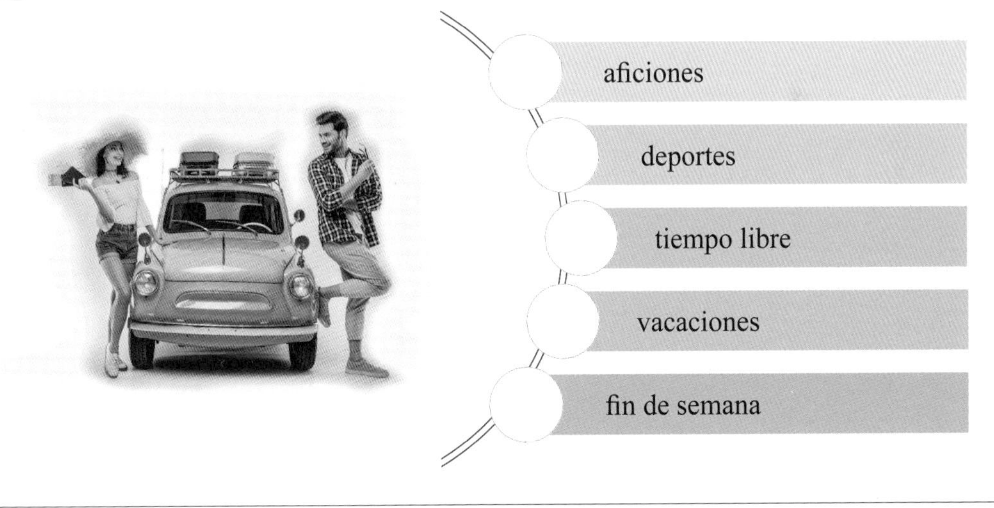

TAREA 3: Conversación con el entrevistador (3-4 minutos)

3.1. Responda. 請口頭回答面試者向您提問的問題。 MP3-205

Voy a hacerte algunas preguntas sobre el tema.

a) ¿Dónde vives?

b) ¿Cómo es tu barrio?

c) ¿Cuál es tu lugar favorito?

d) ¿Cómo es tu apartamento? ¿En qué piso vives? ¿Con quién vives?

e) ¿Cuánto cuesta el alquiler?

f) ¿Cuántas habitaciones tiene?

g) ¿Qué hay en esas habitaciones?

h) ¿Qué es lo que más te gusta de tu barrio?

i) ¿Qué es lo que menos te gusta de tu barrio? ¿Por qué?

3.2. Responda. 請口頭回答面試者向您提問的問題。 MP3-206

Voy a hacerle algunas preguntas sobre el tema.

a) ¿Qué le gusta hacer en su tiempo libre?

b) ¿Qué hace los fines de semana?

c) ¿Qué deporte practica?

d) ¿Con quién juega ese deporte?

e) ¿Le gusta el cine o el teatro? ¿Por qué?

f) ¿Cada cuánto va a la playa? ¿Qué hace allí?

g) ¿Con quién va?

TAREA 4: Diálogos basados en láminas (2-3 minutos)

4.1. Haga preguntas. 請按照右邊圖片，寫出問題。

（1）______________________________

（2）______________________________

（3）______________________________

4.2. Responda. 請按照下方圖片，回答問題。

（1）¿Quién es él?

____

（2）¿A qué se dedica?

____

（3）¿Cuál es el teléfono de la policía en Taiwán?

____

4.3. Haga preguntas. 請按照右邊圖片，寫出問題。

（1）______________________________

（2）______________________________

（3）______________________________

4.4. Haga preguntas. 請按照右邊圖片，寫出問題。

（1）________________________________

（2）________________________________

（3）________________________________

4.5. Responda. 請按照下方圖片，回答問題。

（1）¿Qué día es?

____

（2）¿Cuándo es Navidad?

____

（3）¿Qué estación es?

____

4.6. Haga preguntas. 請按照右邊圖片，寫出問題。

（1）________________________________

（2）________________________________

（3）________________________________

Respuestas
解答

Lección 1

¡Vamos a escribir! 一起來寫西語吧！

1. Responde.（請按照實際情況作答）
   （1）Buenos días.
   （2）Bien. Gracias.
   （3）Yo me llamo Carlos.
   （4）Mi apellido es Castillo.
   （5）Mucho gusto.
   （6）Yo también soy estudiante.
   （7）Hasta luego.
2. Escribe. ¿Qué es? ¿Quien es?
   （1）niña
   （2）mamá
   （3）libro
   （4）tableta
   （5）lápiz

¡Vamos a conversar! 一起來說西語吧！

Saludos 問候 中文翻譯

A：早安！
B：早安！
A：妳好嗎？
B：很好。你呢？
A：很好，謝謝。
A：妳叫什麼名字？
B：我叫 Beatriz。你呢？
A：我叫 Carlos。
A：妳姓什麼？
B：我的姓是林。你的姓呢？
A：我的姓是張。
B：我來自台中。你呢？
A：我來自台北。
B：我是英語課的學生。你呢？
A：我是西班牙語課的學生。
A：幸會。
B：幸會。
A：再見。
B：再見。

Lección 2

4.7. Practica con tu compañero.

	Nombre	Nacionalidad
(1)	Pedro Almodóvar	español (director)
(2)	Jack Ma	chino (jefe)
(3)	Leo Messi	argentino (futbolista)
(4)	Luciano Pavarotti	italiano (cantante)
(5)	Leonardo Di Caprio	estadounidense (actor)
(6)	Elizabeth Alexandra Windsor	inglesa (reina)
(7)	Wang Chien-Ming	taiwanés (beisbolista)
(8)	Enrique Iglesias	español (cantante)
(9)	Emmanuel Macron	francés (presidente)
(10)	Naruhito	japonés (emperador)
(11)	Psy	coreano (cantante)
(12)	Leonor de Borbón Ortiz	española (princesa)

5.4. Escucha y lee. Adivina. ¿Qué es?

	Español	Chino
1	un mango	芒果
2	un limón	檸檬
3	un melón	哈密瓜
4	una papaya	木瓜
5	un chocolate	巧克力
6	una calculadora	計算機
7	un violín	小提琴
8	un piano	鋼琴
9	una televisión	電視
10	un sofá	沙發

¡Vamos a escribir! 一起來寫西語吧！

1. Responde.（請按照實際情況作答）
   (1) Sí, claro. Dime.
   (2) Yo soy de Madrid.
   (3) Mi número de teléfono es 0912876345.
   (4) Vale.
   (5) La fiesta es mañana.
   (6) La fiesta es en la casa de Antonio.
   (7) Ella es Elisa.
2. Traduce.
   (1) No estoy seguro.

（2）De nada.

（3）¿Está bien así?

（4）¿Cuánto cuesta?

（5）¿Quién es él?

（6）Más despacio, por favor.

（7）Lo siento. No sé.

¡Vamos a conversar! 一起來說西語吧！

Hablando de tus amigos 談論你的朋友們 中文翻譯

A：午安！

B：午安！

A：妳好嗎？

B：很好。你呢？

A：很好，謝謝妳。

A：妳叫什麼名字？

B：我叫 Leticia。你呢？

A：我叫 Ricardo。

A：妳姓什麼？

B：我姓 Castro。你的姓呢？

A：我姓 Ramos。

A：幸會。

B：幸會。你從哪裡來？

A：我是哥倫比亞人。妳呢？

B：我是哥斯大黎加人。

B：我是義大利語課的學生。你呢？

A：我是中文課的學生。

A：不好意思，她是誰？

B：她是我的大學同學。

A：是西班牙人嗎？

B：我覺得她是玻利維亞人。

A：她的電話號碼是幾號？

B：抱歉。我不知道。

A：好的。再見。

B：再見。

Lección 3

5.4. Escucha y lee. Practica con tu compañero.

	Español	Chino		Español	Chino
1	ideal	理想	11	director	導演
2	hospital	醫院	12	excelente	優秀的
3	restaurante	餐廳	13	opinión	意見
4	romántico	浪漫	14	presidente	總統
5	actor	演員	15	dentista	牙醫

¡Vamos a escribir! 一起來寫西語吧！

1. Escribe una oración. Usa estos temas.

（1）Se llama el Día de los Muertos.

（2）En todos los países hispanoamericanos.

（3）Es el 2 de noviembre.

(4) Se llaman Catrín y Catrina.
(5) Creo que es muy interesante.
(6) No, no es igual.
(7) Entre el 4 de abril al 6 de abril. / No hay.

¡Vamos a conversar! 一起來說西語吧！

Mi información de contacto 我的聯絡方式 中文翻譯

A：午安。妳好嗎？
B：很好。你呢？
A：很好，謝謝。妳叫什麼名字？
B：我叫做 Olga。
A：妳姓什麼？
B：López.
A：不好意思，怎麼寫妳的姓？
B：Ele-O-Pe-E-Zeta O 上面要有重音符號。
A：幸會。
B：幸會。
A：我是學生。妳呢？
B：我也是。
A：妳從哪裡來？
B：我來自巴塞隆納。
A：「歡迎蒞臨台灣」的西班牙語怎麼說？
B：Bienvenido a Taiwán.
A：好的，bienvenida a Taiwán。
B：謝謝！
A：妳的電話號碼是多少？
B：0952138647。
A：待會兒見嗎？
B：好的。嗯…… 今天是星期幾？
A：今天是十二月二十二日星期二。
B：啊！抱歉，我跟我的同學有個會議。十二月二十五日如何？
A：好。我們一起去看電影嗎？
B：好主意。
A：好的。我們在電影院大門口見。再見。
B：再見。

Lección 4

6.3. Escribe.
(1) Yo tengo una memoria USB.
(2) Yo tengo una cámara.
(3) Yo tengo unos auriculares.
(4) Yo tengo un móvil.
(5) Yo tengo un reloj.

7.2. Haz una presentación personal.（答案僅供參考，請按照實際情況回答。）
(1) Buenas tardes. Yo me llamo Enrique Solano.
(2) (Yo) Soy taiwanés.
(3) (Yo) Soy estudiante de Derecho.
(4) (Yo) Hablo chino, inglés y español.
(5) (Yo) Estudio español porque pienso que es importante y útil.
(6) (Yo) Estudio español todos los días.
(7) (Yo) Trabajo en un despacho de abogados.
(8) (Yo) Tengo 27 años.

¡Vamos a escribir! 一起來寫西語吧！

1. Responde.（請按照實際情況作答）
   （1）Yo soy arquitecto.
   （2）Gracias. Esta es la mía.
   （3）Yo estudio Derecho.
   （4）Yo hablo chino, inglés y español.
   （5）Yo trabajo en un despacho.
   （6）Yo tengo la reunión mañana.
   （7）Yo tengo que hablar con mi jefe.
2. Traduce.
   （1）Yo tengo una entrevista mañana.
   （2）Yo estudio francés en mi habitación.
   （3）Mi papá habla con mi vecino todos los días.
   （4）Yo trabajo en una clínica.
   （5）Yo tengo miedo.
   （6）¿Cuántos años tienes?
   （7）Yo estudio español en la universidad.

¡Vamos a conversar! 一起來說西語吧！

En una entrevista 在一場採訪中 中文翻譯

A：不好意思，我可以問妳一些問題嗎？
B：好，當然可以。
A：妳叫什麼名字？
B：Marta。
A：妳姓什麼？
B：Soto Villalobos。
A：妳從哪裡來？
B：我從智利來。
A：妳做什麼工作？
B：我是會計師。
A：妳在哪裡工作？
B：我在一家公司工作。
A：妳會說什麼語言？
B：我會說英語和中文。
現在我在學習西班牙語。
A：妳在哪裡學西班牙語？
B：在一所學院。
A：每天嗎？
B：不是。我在星期一和星期四學習。
A：妳為什麼學習西班牙語？
B：我認為西班牙語很有用。
A：妳幾歲？
B：我二十四歲。
A：妳的生日是什麼時候？
B：十一月十八日。
A：好的。這是全部的問題了。非常感謝妳。
B：不客氣。

Lección 5

1.2. Responde.

(1) Antonio Castillo

(2) Gerente general

(3) 91 521 3003

(4) Hotel La estrella

¡Vamos a conversar! 一起來說西語吧！

1. Solicitar información sobre la entrevista de trabajo 詢問求職面試資訊 中文翻譯

A: 早安，這裡是 AMIGO 公司。請說。

B: 對不起，我的名字是 Jorge Huang，我有預約一場經理助理職位的面試。
我能詢問您一些問題嗎？

A: 好，當然可以。

B: 什麼時候面試？

A: 下個星期。

B: 面試在哪裡進行？

A: 在我們的辦公室。您有地址嗎？

B: 有，謝謝。另外，面試在幾樓進行？

A: 在五樓的 A 廳進行。

B: 好的。非常感謝您。

A: 不客氣。再見。

2. En la entrevista de trabajo 求職面試時 中文翻譯

A: 請進。請坐。

B: 謝謝。

A: 您叫什麼名字？

B: 我叫 Jorge Huang。

A: 您的電話號碼是幾號？

B: 我的號碼是 0981765432。

A: 您的電子郵件是什麼？

B: 是 jorge@hola.com。

A: 您做什麼工作呢？

B: 我是學生，不過也有工作。

A: 您學什麼呢？

B: 我學企業管理。

A: 您在哪裡工作呢？

B: 我在一家銀行工作。

A: 您每天工作嗎？

B: 不是。我在星期一和星期四工作。

A: 您來自哪裡？

B: 我來自台中。

A: 您現在住在台中嗎？

B: 不是。我住在 Centro 區。

B: 我租一間公寓住。

A: 怎樣的公寓？

B: 是小公寓。有二間房，一間廁所，一間客廳，
一間飯廳和一座陽台。

A: 您的西班牙語說得很好。

B: 謝謝。我在大學學習西班牙語。

A: 您為什麼要學習西班牙語？

B: 我認為西班牙語很有用。

A: 您還會講其他語言嗎？

B: 我也會說華語、法語和英語。

A: 法語？您跟誰說法語？

B: 跟一些朋友。

A: 您為什麼想在我們公司工作？

B: 我認為貴公司是一間創新、知名、負責任的公司，同時還是市場上的領先者。

A: 您有工作經驗嗎？

B: 我有兩年擔任經理助理的經驗。

A: 好的。非常感謝您。

B: 謝謝。

Lección 6

2.2. Escucha y lee.

（1）	azul	（5）	amarillo
（2）	verde	（6）	azul
（3）	café	（7）	castaño
（4）	negras	（8）	rosa

7.5. Lee y recuerda.

Yo me quedé en blanco. • • 他是我的白馬王子。

Él es un viejo verde. • • 我大腦一片空白。

Tú eres mi media naranja. • • 你是我的另一半。

Me pongo rojo cuando hablo español. • • 他是一個色老頭。

Él es mi príncipe azul. • • 當我說西班牙語時，我會害羞。

¡Vamos a escribir! 一起來寫西語吧！

1. Describe a una persona.（自由填答）
2. Escribe una carta para tu amigo.（自由填答）

¡Vamos a conversar! 一起來說西語吧！

Mi familia 我的家庭 中文翻譯

A: 這是一張我家人的全家福照片。

B: 在你生日那天拍的嗎？

A: 是的。這位是我的爸爸。他是一位上班族。他在一家出口公司工作。

B: 他相當高。

A: 沒錯。他身高有 180 公分。這位是我的媽媽。她是律師。

B: 她非常優雅和迷人。你有幾個兄弟姊妹？

A: 二個。一個哥哥和一個妹妹。妳呢？

B: 我沒有兄弟姊妹。我是獨生女。

A: 看，他是我的哥哥。他單身。他也會說一點點西班牙語。

B: 真的嗎？

A: 真的。他星期一、星期二和星期五在一家語言中心學習西班牙語。

B: 非常好。他很帥。

A: 這位是我的妹妹。她已婚，有一個兒子。

B: 這個小孩是誰？

A: 嗯，是我的姪子。他叫做 Antonio，四歲了。

Lección 7

¡Vamos a escribir! 一起來寫西語吧！

1. Haz una oración.（請按照實際情況作答）
   （1）Yo aprendo español en la universidad.
   （2）Yo practico inglés con mi compañero todos los días.
   （3）Yo escribo una carta para mi amigo italiano.
   （4）Yo escucho música en mi dormitorio.
   （5）Yo leo la revista en el estudio.
   （6）Yo respondo los correos electrónicos por la tarde.
   （7）En el comedor hay una mesa y cuatro sillas.
2. Responde.（請按照實際情況作答）
   （1）En el aula hay un proyector y un mapa.
   （2）La televisión está a la derecha de la ventana.
   （3）Yo practico español con mi vecino.
   （4）Yo escribo un reporte sobre la situación de la empresa.
   （5）Yo escucho música salsa.
   （6）Yo leo el artículo en el salón.
   （7）La secretaria responde los mensajes.

¡Vamos a conversar! 一起來說西語吧！

Mi trabajo　我的工作　中文翻譯

A：好久不見！妳好嗎？

B：非常好。你呢？

A：不錯。告訴我，妳做什麼工作？

B：我是經理。

A：妳在哪裡工作？

B：我在一間工廠工作。

A：工作如何？

B：我有一個很忙碌的生活。我必須寫很多報告、跟我的助理們交談、聽取顧客的意見、閱讀有關市場趨勢的新聞、回覆電子郵件和每週進行簡報。你呢？

A：嗯，我是工程師助理。我必須閱讀工程師的評論、寫一些報告和回覆顧客的信件。

B：抱歉，現在幾點了？

A：現在是四點十五分。

B：啊！我們稍後再聊。好嗎？我五點跟我的祕書有個會議要開。

Lección 8

1.4. Responde. ¿Qué hora es?

8:25 *a. m.*　Son las ocho y veinticinco.

6:00 *a. m.* Son las seis en punto.

3:40 *p. m.* Son las cuatro menos veinte.

4:15 *a. m.* Son las cuatro y cuarto.

1:15 *a. m.* Es la una y cuarto.

9:18 *p. m.* Son las nueve y dieciocho.

10:11 *p. m.* Son las diez y once.

2:24 *p. m.* Son las dos y veinticuatro.

¡Vamos a escribir! 一起來寫西語吧！

1. ¿Qué haces todos los días?（答案僅供參考，請按照實際情況回答。）

（1）Yo me levanto a las siete de la mañana.

（2）Yo me ducho a las ocho de la noche.

（3）Yo desayuno unas tostadas.

（4）Yo tomo un café con leche.

（5）Yo tomo el tren en la estación.

（6）Yo leo el periódico.

（7）Yo escribo una carta.

（8）Yo hago ejercicio.

（9）Yo me lavo los dientes.

2. ¿Qué hace Jaime todas las mañanas?

Jaime se levanta a las siete de la mañana.

Él se ducha a las siete y cuarto.

Jaime desayuna unas tostadas y un café caliente.

Él toma el autobús en la parada.

Jaime habla por teléfono con el cliente.

Él tiene una reunión con sus compañeros de oficina.

Jaime ve la televisión todas las noches.

¡Vamos a conversar! 一起來說西語吧！

Mi rutina por las mañanas　我的上午例行公事　中文翻譯

A: 妳星期一到星期五幾點起床？

B: 我早上六點起床。

A: 六點！

B: 是因為我去辦公室之前必須做很多事。

A: 妳做什麼？

B: 我在六點十分洗澡，六點四十五分吃早餐、刷牙而且在十五分鐘後去車站。

A: 妳跟誰吃早餐？

B: 我跟我的家人一起吃早餐。

A: 妳早餐吃什麼？

B: 一些吐司和一杯熱咖啡。

A: 妳怎麼去辦公室？
B: 我搭公車。
A: 妳在哪裡搭公車？
B: 在中央車站。

Lección 9

4.2. Adivina.

paciente 病人　　cliente 顧客
pasajero 乘客　　huésped 客人

¡Vamos a escribir! 一起來寫西語吧！

1. Haz una oración con cada verbo. ¿Qué haces en la oficina?（請按照實際情況作答）
（1）Yo empiezo a trabajar a las nueve de la mañana.
（2）Yo atiendo a los clientes en la recepción.
（3）Yo hago una presentación de las características del producto.
（4）Yo llamo a los clientes todos los días.
（5）Yo busco información sobre los competidores.
（6）Yo escribo un mensaje para el abogado.
（7）Yo respondo a las preguntas del periodista.
（8）Yo estudio la propuesta del proveedor.
（9）Yo hablo con el gerente sobre el diseño.
（10）Yo respondo los correos electrónicos por las tardes.

¡Vamos a conversar! 一起來說西語吧！

En la entrada del restaurante 在餐廳入口 中文翻譯
A：歡迎光臨。您有訂位嗎？
B：有，我用 Yolanda García 這個名字預約。
A：請稍候。是一張一個人的桌子嗎？
B：是的。我想要一張靠窗的桌子。
A：請跟我來。

Pidiendo / Ordenando la comida 點餐 中文翻譯
A：您想要吃什麼？
B：請給我今日特餐。
A：第一道菜有沙拉、西班牙蔬菜冷湯或燉小扁豆加馬鈴薯。
B：我想要一份沙拉。
A：好的。第二道菜有牛排、烤雞或炸鱈魚。
B：請給我一份牛排。
A：甜點有布丁、巧克力蛋糕或水果。
B：請給我一塊巧克力蛋糕。

A：您想要喝什麼？
B：請給我無氣泡礦泉水。

La cuenta 買單 中文翻譯
B：可以請您給我帳單嗎？
A：在這裡。您要用信用卡付款嗎？
B：是的。

Lección 10

10.3. Relaciona.
En una papelería venden papel y tijeras.
En una panadería venden pan y pasteles.
En una óptica venden gafas y lentes de contacto.
En una mueblería venden muebles.
En una agencia de viajes venden billetes.

¡Vamos a escribir! 一起來寫西語吧！

1. Mira la agenda de Francico para hoy. Responde las preguntas.
（1）Él compra la cama por internet.
（2）Él tiene una reunión con Antonio.
（3）Él sale a comer (almorzar) con Daniel y Sara. / Él come con Daniel y Sara. / Él almuerza con Daniel y Sara.
（4）Él prepara los documentos para la reunión.
（5）Él chatea con su cliente chileno por internet. / Él tiene una reunión por internet. / Él hace una teleconferencia con su cliente.
（6）Él vende la motocicleta.
（7）Él cena con Cristina.
（8）Él se acuesta a las once y media.

¡Vamos a conversar! 一起來說西語吧！

Invitación al cine 邀請去電影院 中文翻譯
A：妳今天幾點結束工作？
B：我四點結束，但是四點半跟我的客戶有一個會議。
A：妳幾點會離開辦公室？
B：我覺得我可以六點左右離開。
A：在 Éxito 電影院有一部非常有名的電影。妳想去嗎？
B：當然！電影幾點開始呢？
A：七點開始。我們約六點四十五分在電影院門口見面。妳覺得如何？
B：那票怎麼辦？

A：別擔心。我總是上網買票。這樣更容易而且更快。
看完電影後妳想跟我一起吃晚餐嗎？

B：好的，但是吃點清淡的東西。是因為我必須早點就寢。

A：妳幾點就寢呢？

B：我通常十一點半就寢。

Lección 11

¡Vamos a escribir! 一起來寫西語吧！

1.Mira la foto. Escribe sobre el deporte preferido de tres personas.

Ella es mi amiga Isabel. A Isabel le gusta mucho el voleibol. Ella juega al voleibol con sus compañeras de universidad todos los sábados por la mañana. Creo que ellas juegan en la cancha de la universidad. Ellas juegan una hora más o menos. Pienso que ellas juegan muy bien.

¡Vamos a conversar! 一起來說西語吧！

Hablando sobre las vacaciones de verano 談論暑假 中文翻譯

A：妳暑假去哪裡旅行？

B：我想去秘魯。

A：秘魯在哪裡？

B：秘魯位於智利的西北方。

A：首都叫什麼？

B：首都叫做利馬。

A：妳最喜歡秘魯的什麼？

B：我最喜歡的是食物。但是實際上，我也熱愛他們的習俗和傳統。此外，在秘魯有許多旅遊景點。

A：真的嗎？有什麼旅遊景點？

B：嗯，納斯卡線、馬丘比丘和的的喀喀湖。

A：妳需要為旅行準備什麼？

B：我需要申請簽證、預定飯店並準備行程。你呢，你假期打算做什麼？

A：我下個禮拜開始工作。

B：你週末打算做什麼？

A：我星期五晚上要去跳舞。星期六我想騎腳踏車。我認為星期天我會和我的朋友們去打籃球。

Lección 12

16.1. Practica con tu compañero.

Obligaciones:

¿Qué lavas?	Yo lavo la ropa.
¿Cuándo lavas la ropa?	Yo lavo la ropa el sábado.
¿Dónde lavas la ropa?	Yo lavo la ropa en la lavandería.
¿Qué cocinas?	Yo cocino unas chuletas de ternera.
¿Cuándo cocinas?	Yo cocino todos los fines de semana.

¿Dónde cocinas?	Yo cocino en la cocina.
¿Qué haces?	Yo limpio mi apartamento.
¿Cuándo limpias tu apartamento?	Yo limpio mi apartamento todos los fines de semana.
¿Qué haces?	Yo hago la compra.
¿Dónde haces la compra?	Yo hago la compra todos los sábados.
Deseos:	
¿Qué deseas hacer?	Yo deseo ir al cine.
¿Cuándo vas al cine?	Yo voy al cine este fin de semana.
¿Cómo vas al cine?	Yo voy en metro.
¿Qué deseas hacer?	Yo deseo ir al campo.
¿Cuándo vas al campo?	Yo voy al campo el fin de semana.
¿Cómo vas al campo?	Yo voy en tren.
¿Qué deseas hacer?	Yo deseo ir a la playa.
¿Cuándo vas a la playa?	Yo voy a la playa el domingo.
¿Cómo vas a la playa?	Yo voy en autobús.
¿Qué deseas hacer?	Yo deseo ir de compras.
¿Cuándo vas de compras?	Yo voy de compras el sábado.

¡Vamos a escribir! 一起來寫西語吧！

1. Escribe una pregunta. Usa los verbos.

ir de compras:	¿Cuándo vas de compras?
ir de copas:	¿Con quién vas de copas?
ir al teatro:	¿Qué obra vas a ver en el teatro?
ir al cine:	¿Qué tipo de película vas a ver?
ir a la montaña:	¿Cada cuánto vas a la montaña?
ir al campo:	¿Cuándo vas al campo?
pasear:	¿Por dónde paseas?
quedarse en casa:	¿Por qué te quedas en casa?
cocinar:	¿Quién cocina en tu casa?
lavar:	¿Dónde lavas tu ropa?
limpiar:	¿Cuándo limpias tu apartamento?
hacer la compra:	¿Con quién haces la compra?

2. Haz una oración con cada verbo.（自由作答。）

¡Vamos a conversar! 一起來說西語吧！

Entrevistando a una famosa　採訪一位知名人物　中文翻譯

A：早安。非常感謝你來參加我們的節目。你的粉絲想知道更多關於你的事。 我可以問你一些問題嗎？

B：當然可以。

A：妳在星期六早上做什麼？

B：我留在家裡。通常我很晚起床、洗衣服和打掃我的公寓。

A：那下午呢？

B：我跟我的朋友們出去。我們經常一起去海灘。

A：在那邊做什麼？

B：嗯，我們會游泳、曬太陽、在海灘散步、拍照、打排球、唱歌和跳舞。

A：妳晚上做什麼？
B：通常，我和以前大學同學出去喝一杯。
A：妳幾點回家？
B：大約兩點半回家。
A：妳星期天做什麼？
B：是家庭日。我們早上做日常採買。然後我們去看展覽或是在城市裡散步。
A：好的，這就是全部的採訪了。非常感謝妳的時間。

Lección 14

（答案僅供參考，請依據個人情況回答）

TAREA 1: Presentación personal

Buenos días. Me llamo Gonzalo. Mi apellido es Li. Soy taiwanés. Vivo con mi familia en la ciudad de Taipei. Tengo 22 años. Soy estudiante de Informática. Estudio en la Universidad Nacional. También trabajo en una compañía de exportación. Soy asistente del gerente. Aprendo español porque quiero viajar a España. Hablo chino, inglés y portugués. Mucho gusto.

TAREA 2: Exposición de un tema

2.1. Hable sobre los temas.
Vivo en el barrio Da An. Es un barrio muy céntrico. Me gusta mucho porque está muy bien comunicado, hay bastantes paradas de autobús y tres estaciones de metro. Además, hay muchos restaurantes, tiendas, bancos y un parque muy grande. Normalmente, yo hago deporte en este parque todas las mañanas. Mi piso es bastante grande. Tiene tres dormitorios, un salón, un comedor, una cocina y dos baños. Mi lugar preferido es el salón. En el salón hay un sofá, un sillón, una mesa, varias estanterías, unas lámparas, un aire acondicionado y una televisión. Yo veo la televisión y converso con mi familia en el salón todas las noches.

2.2. Hable sobre los temas.

Yo escucho música en mi tiempo libre. Me gusta mucho la música pop, salsa y merengue. Mi cantante favorito es Enrique Iglesias. Pienso que canta muy bien. También veo la televisión. Mis programas preferidos son los documentales sobre viajes, ya que puedo conocer los lugares turísticos de varios países y aprender algunas frases útiles. Normalmente, hago deporte los sábados por las mañanas. Yo juego al baloncesto con mis compañeros en la cancha de la universidad o voy a nadar en la piscina.
Por las tardes, salgo con mis amigos. A menudo vamos a ver alguna exposición y luego cenamos juntos en el restaurante Toro. Es un restaurante español. La comida es deliciosa y los precios económicos. Los domingos son los días con la familia. Vamos al campo, hacemos la compra y cenamos fuera.

TAREA 3: Conversación con el entrevistador

3.1. Responda.

a. Yo vivo en el barrio Las Tablas. El barrio está en el norte de Madrid.
b. Mi barrio es muy bonito y tranquilo. Es un barrio moderno que está a unos veinte minutos de la universidad.
c. Mi lugar favorito es el Parque Sol. Normalmente, yo voy al parque con amigos Nosotros vamos a

pasear, hacer deporte, conversar y hacer fotos.

d. Yo vivo con unos compañeros de universidad. El piso es bastante grande. Está en el cuarto piso y da a una plaza.
e. El alquiler cuesta unos quinientos euros.
f. Mi piso tiene tres dormitorios, un comedor, un salón, una cocina y dos baños.
g. En mi habitación hay una cama, una silla y un escritorio. En la cocina hay un frigorífico, una cocina eléctrica y un horno. En el comedor hay una mesa, cuatro sillas y una televisión. En el baño hay una ducha, un lavabo y un inodoro. En el salón hay un sofá, dos sillones, una mesa y una televisión.
h. Lo que más me gusta de mi barrio es que hay dos estaciones de metro y varios parques.
i. Lo que menos me gusta de mi barrio es que no hay muchos restaurantes.

3.2. Responda.

a. Me gusta ir al cine. Me encantan las películas de aventuras y ciencia ficción. También me gusta pasear por el parque que está cerca de mi casa.
b. Yo limpio mi casa, lavo la ropa y hago la compra todos los sábados.
   Yo salgo con mis amigos todos los domingos. Normalmente, vamos al campo o a la playa.
c. Me gusta jugar al béisbol. Yo juego al béisbol todos los fines de semana.
d. Yo juego al béisbol con mis compañeros. Nosotros vamos a la cancha de la universidad.
e. Yo prefiero ir al cine por varias razones. Primero, porque el cine está a unos quinientos metros de mi casa. Segundo, porque puedo ver diferentes tipos de película. Por ejemplo, comedias, películas de ciencia ficción y películas de aventuras. Tercero, porque a veces hay promociones.
f. Yo voy a la playa una vez al mes. Me gusta mucho pasear por la playa, tomar el sol y hacer fotos.
g. Yo voy con mi familia. Nosotros tomamos el autobús número 18. El viaje tarda media hora aproximadamente.

TAREA 4: Diálogos basados en láminas

4.1. Haga preguntas.

(1) ¿Qué tipo de fiesta es?
(2) ¿Dónde es la fiesta?
(3) ¿Qué tienen los niños en sus manos?

4.2. Responda.

(1) Él se llama Ricardo.
(2) Ricardo es policía.
(3) El número de la policía en Taiwán es 119.

4.3. Haga preguntas.

(1) ¿A qué se dedica?
(2) ¿Cuántos años tiene?
(3) ¿Qué lenguas habla?

4.4. Haga preguntas.

(1) ¿Dónde están?
(2) ¿Qué hacen?
(3) ¿Qué tiene el chico en su mano?

4.5. Responda.

(1) Es Navidad.
(2) Es el 25 de diciembre.

（3）Es invierno.

4.6. Haga preguntas.

（1）¿Dónde están?
（2）¿Qué hacen en este lugar?
（3）¿Cuántos años tienen?

Glosario
詞彙表

Lección 1

bolígrafo	原子筆	cuaderno	筆記本	celular	手機
café	咖啡	lápiz	鉛筆	pósit	便條紙
clip	迴紋針	móvil	手機	tableta	平板電腦

Lección 2

cero	0	diez	10	veinte	20
uno	1	once	11	treinta	30
dos	2	doce	12	cuarenta	40
tres	3	trece	13	cincuenta	50
cuatro	4	catorce	14	sesenta	60
cinco	5	quince	15	setenta	70
seis	6	dieciséis	16	ochenta	80
siete	7	diecisiete	17	noventa	90
ocho	8	dieciocho	18	cien	100
nueve	9	diecinueve	19		

alemán	德語	italiano	義大利語	chino	中文
español	西班牙語	portugués	葡萄牙語	japonés	日語
francés	法語	ruso	俄語	taiwanés	台語
inglés	英語	coreano	韓語		

mango	芒果	chocolate	巧克力	televisión	電視機
limón	檸檬	calculadora	計算機	sofá	沙發
melón	哈密瓜	violín	小提琴		
papaya	木瓜	piano	鋼琴		

Lección 3

lunes	星期一	jueves	星期四	domingo	星期日
martes	星期二	viernes	星期五		

miércoles	星期三	sábado	星期六		

enero	一月	mayo	五月	setiembre	九月
febrero	二月	junio	六月	octubre	十月
marzo	三月	julio	七月	noviembre	十一月
abril	四月	agosto	八月	diciembre	十二月

primero	第一	quinto	第五	noveno	第九
segundo	第二	sexto	第六	décimo	第十
tercero	第三	séptimo	第七	décimo primero	第十一
cuarto	第四	octavo	第八	décimo segundo	第十二

primavera	春天	hace calor	天氣熱	hace viento	有風
verano	夏天	hace buen tiempo	天氣好	llueve	下雨
otoño	秋天	hace mal tiempo	天氣不好	nieva	下雪
invierno	冬天	hace sol	出太陽	está nublado	多雲

papel	紙	ordenador	電腦	silla	椅子
mesa	桌子	ratón	滑鼠	taza	馬克杯
monitor	螢幕	regla	尺	teclado	鍵盤
lámpara	檯燈	rotulador	馬克筆	tijera(s)	剪刀

ideal	理想的	actor	男演員	presidente	總統
hospital	醫院	director	導演	dentista	牙醫師
restaurante	餐廳	excelente	良好的		
romántico	浪漫的	opinión	意見		

Lección 4

abogado	律師	gerente	經理	empresario	企業家
ingeniero	工程師	secretario	秘書	funcionario	公務員
enfermero	護士	contador	會計師	estudiante	學生
médico	醫生	dependiente	店員	cantante	歌手
arquitecto	建築師	camarero	服務生	periodista	記者
profesor	教授	trabajador	勞動者	oficinista	上班族

Sociología	社會學	Ingeniería	工程學	Informática	資訊學
Administración	管理學	Política	政治學	Economía	經濟學
Contabilidad	會計學	Historia	歷史學	Estadística	統計學
Finanzas	財務金融學	Filosofía	哲學	Diplomacia	外交學
Medicina	醫學	Psicología	心理學	Física	物理學
Educación	教育學	Derecho	法律學	Comunicación	傳播學

universidad	大學	casa	家	importante	重要的
escuela	學校	biblioteca	圖書館	útil	有用的
colegio	中學／高中	apartamento	公寓	interesante	有趣的

empresa	公司	compañía	公司	supermercado	超市
despacho	事務所	clínica	診所		
fábrica	工廠	corporación	集團公司		

memoria	隨身碟	clase	課	hambre	餓
cámara	相機	reunión	會議	sed	渴
auriculares	耳機	conferencia	演講	calor	熱
reloj	手錶	cita	約會	frío	冷
micrófono	麥克風	entrevista	面談	miedo	害怕

Lección 5

arroba	小老鼠	guion bajo	底線	asterisco	米字號
punto	點	barra	斜線	numeral	井字號
guion	小橫槓	barra inversa	反斜線		

cansado	累的	librería	書局	soltero	單身
feliz	高興的	hotel	飯店	casado	結婚
ocupado	忙的	farmacia	藥局	divorciado	離婚
resfriado	感冒的	tienda	商店		

salón	客廳	baño	廁所	mueble	家具
estudio	書房	terraza	露台	ascensor	電梯
cocina	廚房	dormitorio	臥室	bien comunicado	交通方便
comedor	飯廳	balcón	陽台	piscina	游泳池
jardín	花園	alquiler	租金	electrodoméstico	電器
garaje	車庫	armario	衣櫃	gimnasio	體育館

documental	紀錄片	dibujos animados	卡通	ciencia ficción	科幻
película	電影	aventuras	冒險	artes marciales	功夫
noticias	新聞	acción	動作		

Lección 6

gordo	胖的	joven	年輕的	rubio	金髮的
delgado	瘦的	mayor	年長的	atractivo	有魅力的
guapo	帥的	alto	高的	calvo	禿頭的
bonito	漂亮的	bajo	矮的	fuerte	強壯的

feo	醜的	moreno	黝黑的		

grande	大的	largo	長的	negro	黑色的
pequeño	小的	corto	短的	castaño	栗色的
oscuro	深色的	rizado	捲的	blanco	白色的
claro	淺色的	liso	直的	rubio	金色的

inteligente	聰明的	simpático	親切的	nervioso	緊張的
tímido	害羞的	antipático	不親切的	sociable	善於社交的
serio	嚴肅的	trabajador	勤奮的	aburrido	無聊的
gracioso	有趣的	alegre	開心的	interesante	有趣的

rojo	紅色的	blanco	白色的	violeta	紫色的
amarrillo	黃色的	marrón	棕色的	verde	綠色的
azul	藍色的	gris	灰色的	rosa	粉色的
negro	黑色的	naranja	橘色的		

camisa	襯衫	traje	西裝	gorra	鴨舌帽
camiseta	T 恤	abrigo	大衣	calcetines	襪子
vaqueros	牛仔褲	blusa	女性襯衫	zapatillas	運動鞋
falda	裙子	bufanda	圍巾	tenis	運動鞋
vestido	洋裝	sombrero	帽子	chándal	運動服

papá / padre	爸爸	tío / tía	叔叔（舅舅）／姑姑（阿姨）
mamá / madre	媽媽	primo / prima	堂表兄弟／堂表姊妹
abuelo / abuela	爺爺／奶奶	cuñado / cuñada	姊夫（妹夫）／大嫂（弟妹）
esposo / marido	丈夫	yerno / yerna	女婿／媳婦
esposa / mujer	妻子	nieto / nieta	孫子／孫女
hijo / hija	兒子／女兒	sobrino / sobrina	姪子／姪女
hermano / hermana	兄弟／姐妹	suegro / suegra	岳父／岳母

Lección 7

puerta	門	televisión	電視	papelera	垃圾桶
estantería	書架	altavoz	喇叭	reloj	時鐘 / 手錶
mapa	地圖	ventana	窗		
pantalla	投影布幕	proyector	投影機		

al lado de	在……旁邊	encima de / sobre	在……上面	dentro de	在……之內
delante de	在……前面	debajo de	在……下面	fuera de	在……之外
detrás de	在……後面	cerca de	在……附近	enfrente de	在……對面
a la izquierda de	在……左邊	lejos de	在……遠處	alrededor de	在……周圍
a la derecha de	在……右邊	en	在……裡面	entre A y B	在 A 和 B 之間

artículo	文章	diario	日記	documento	文件
carta	信	tarea	功課	reporte	報告
canción	歌曲	mensaje	留言 / 簡訊	correo electrónico	電子郵件

música	音樂	radio	廣播	revista	雜誌
noticias	新聞	periódico	報紙	postal	明信片
conversación	會話	libro de texto	教科書	carta	信
canción	歌曲	lección	課程	documento	文件

Lección 8

mercado	市場	teatro	劇院	embajada	大使館
oficina de correos	郵局	estación de metro	捷運站	ayuntamiento	市政府

siempre	總是	a menudo	時常	casi nunca	幾乎不
normalmente	通常	a veces	偶爾	nunca	從不

pan con tomate	麵包加番茄	tostada	吐司	churro	炸油條
pan con mantequilla	麵包加奶油	cereales	麥片		
pan con queso	麵包加起司	hamburguesa	漢堡		

cine	電影院	puerto	港口	estación de tren	火車站
aeropuerto	飛機場	zoo	動物園	parada de autobús	公車站牌
aparcamiento	停車場	plaza	廣場	estación de autobús	車站

autobús	巴士	motocicleta	摩托車	metro	捷運
bicicleta	腳踏車	taxi	計程車	teleférico	纜車
coche	汽車	barco	船	a pie	走路
tren	火車	tranvía	電車		
ferri	渡輪	avión	飛機		

pinza metálica	長尾夾	calculadora	計算機	goma	膠水
goma de borrar / borrador	橡皮擦	grapadora	釘書機	cúter	美工刀

naranja	柳橙	sandía	西瓜	melón	甜瓜
uva	葡萄	manzana	蘋果		
mango	芒果	piña	鳳梨		

Lección 9

concierto	演唱會	película	電影	obra de teatro	戲劇表演
conferencia	會議、大會	reunión	會議、會面		

azafata	空服員	pasajero	乘客	paciente	病人
recepcionista	接待員	huésped	房客	camarero	服務員

cliente	客戶	proveedor	供應商	presentación	簡報
informe	報告	plan de trabajo	工作計畫	propuesta	建議 / 提案
característica	特色	comentario	評論	equipo de trabajo	工作團隊
página web	網頁	diseño	設計	situación de la empresa	公司情況

bomberos	消防隊	policía	警察	Cruz Roja	紅十字會

discoteca	舞廳	montaña	山	pueblo	鄉村
salón de música	音樂室	pista de hielo	溜冰場		

ensalada	沙拉	chuletas de cordero	羊小排	pollo asado	烤雞
helado	冰淇淋	chuletas de cerdo	豬排	merluza a la romana	炸鱈魚
gazpacho	西班牙蔬菜冷湯	chuletas de ternera	牛小排	gambas a la plancha	煎蝦仁
bocadillo	三明治	filete de pescado	魚排	lentejas con patatas	燉小扁豆加馬鈴薯
tarta de chocolate	巧克力蛋糕	filete de ternera	牛排	tortilla española	西班牙馬鈴薯蛋餅

cien	100	seiscientos	600	dos mil	2000
doscientos	200	setecientos	700	un millón	1 000 000
trescientos	300	ochocientos	800	dos millones	2 000 000
cuatrocientos	400	novecientos	900	tres millones	3 000 000
quinientos	500	mil	1 000		

Lección 10

sello	郵票	caja	箱子	recuerdo	紀念品
sobre	信封	postal	明信片		

ordenador portátil	筆記型電腦	memoria	記憶體	peso	重量
impresora	印表機	disco duro	硬碟		
escáner	掃描機	pantalla	螢幕		

heladería	冰淇淋店	agencia de viajes	旅行社	mueblería	家具店
panadería	麵包店	papelería	文具店	óptica	眼鏡行

papel	紙	pan	麵包	mueble	家具
tijeras	剪刀	silla	椅子	pastel	糕點
billete	票	gafas	眼鏡	lentes de contacto	隱形眼鏡

frigorífico	冰箱	aire acondicionado	冷氣	cocina de gas	瓦斯爐
lavaplatos	洗碗機	sofá	沙發	lámpara	燈
microondas	微波爐	horno	烤箱	refrigeradora	冰箱
sillón	扶手椅	lavadora	洗衣機	cocina eléctrica	電磁爐

Lección 11

moderna	現代化的	divertida	有趣的	segura	安全的
antigua	古老的	peligrosa	危險的	tranquila	安靜的
limpia	乾淨的	famosa	有名的	cosmopolita	國際大都會的
turística	觀光的	aburrida	無聊的		

este	東	sur	南	noreste	東北
oeste	西	noroeste	西北	sureste	東南
norte	北	suroeste	西南		

río	河	palacio	皇宮	desierto	沙漠
monumento	紀念碑	puerto	港口	catarata	瀑布
volcán	火山	castillo	城堡	isla	島
bosque	森林	lago	湖	plaza	廣場

pasaporte vigente	有效期限內的護照	billete	票	visado / visa	簽證
tarjeta de crédito	信用卡	dinero	錢		

béisbol	棒球	bádminton	羽球	voleibol	排球
baloncesto	籃球	golf	高爾夫球	balonmano	手球
fútbol	足球	tenis	網球	ajedrez	西洋棋

Lección 12

tienda de departamentos	百貨公司	boutiques	精品店
grandes almacenes	百貨公司	parque	公園
centro comercial	購物中心	ciudad	城市
mercadillos callejeros	街頭市場	campo	鄉下
mercado nocturno	夜市	feria	市集

papel higiénico	捲筒衛生紙	acondicionador	潤髮乳	gel de ducha	沐浴乳
cepillo de dientes	牙刷	champú	洗髮乳		
jabón	香皂	pasta de dientes	牙膏		

國家圖書館出版品預行編目資料

NUEVO AMIGO 西班牙語 A1 / José Gerardo Li Chan（李文康）著；
Esteban Huang Chen（黃國祥）譯
-- 修訂初版 -- 臺北市：瑞蘭國際, 2024.05
264 面；19×26 公分 --（外語學習系列；132）
ISBN：978-626-7473-03-0（平裝）
1. CST：西班牙語 2. CST：讀本

804.78 113004647

外語學習系列 132

NUEVO AMIGO 西班牙語 A1

作者｜ José Gerardo Li Chan（李文康）
譯者｜ Esteban Huang Chen（黃國祥）
責任編輯｜潘治婷、王愿琦
校對｜ José Gerardo Li Chan、Esteban Huang Chen、潘治婷、王愿琦

西語錄音｜ José Gerardo Li Chan、鄭燕玲、Vicente Martínez Delgado（白龍威）、
Hazel Reyes Vallecillo（雷海瑟）
錄音室｜采漾錄音製作有限公司
封面設計｜ José Gerardo Li Chan、Esteban Huang Chen、陳如琪
版型設計、內文排版｜陳如琪

瑞蘭國際出版
董事長｜張暖彗 ・ 社長兼總編輯｜王愿琦
編輯部
副總編輯｜葉仲芸 ・ 主編｜潘治婷
設計部主任｜陳如琪
業務部
經理｜楊米琪 ・ 主任｜林湲洵 ・ 組長｜張毓庭

出版社｜瑞蘭國際有限公司 ・ 地址｜台北市大安區安和路一段 104 號 7 樓之一
電話｜ (02)2700-4625・ 傳真｜ (02)2700-4622・ 訂購專線｜ (02)2700-4625
劃撥帳號｜ 19914152 瑞蘭國際有限公司
瑞蘭國際網路書城｜ www.genki-japan.com.tw

法律顧問｜海灣國際法律事務所　呂錦峯律師

總經銷｜聯合發行股份有限公司 ・ 電話｜ (02)2917-8022、2917-8042
傳真｜ (02)2915-6275、2915-7212・ 印刷｜科億印刷股份有限公司
出版日期｜ 2024 年 05 月初版 1 刷 ・ 定價｜ 550 元 ・ISBN ｜ 978-626-7473-03-0

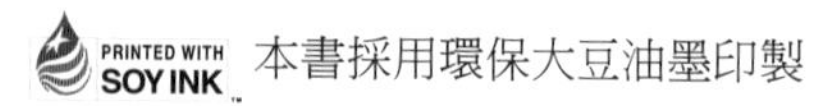

本書採用環保大豆油墨印製

瑞蘭國際

瑞蘭國際